□ 生活是实在的，真实的生活有快乐，也一定有磨难。

□ 幸福是一种心灵的震颤。它像会倾听音乐的耳朵一样，需要不断地训练。

☐ 人鱼公主是顽强和坚定的，她选定了自己的道路就绝不回头，终于，她得到了自己铸造一个灵魂的机会。

□ 此刻，请你闭上眼睛，设想一下北极熊的真实模样———
一身黑炭也似的皮肤，披着无数根透明长毛，
在蔚蓝冰水里舒展身姿，高傲而孤独。

☐ 金红的火焰中,
每一块红柳根都弥久地维持着盘根错节的形状,
好像傲然不屈的英魂。

新知文库

离太阳最近的树

毕淑敏 著

LI TAIYANG ZUI JIN DE SHU

湖南文艺出版社　博集天卷

© 中南博集天卷文化传媒有限公司。本书版权受法律保护。未经权利人许可，任何人不得以任何方式使用本书包括正文、插图、封面、版式等任何部分内容，违者将受到法律制裁。

图书在版编目（CIP）数据

离太阳最近的树 / 毕淑敏著 . -- 长沙：湖南文艺出版社，2023.10
（新知文库）
ISBN 978-7-5726-1132-2

Ⅰ. ①离… Ⅱ. ①毕… Ⅲ. ①散文集－中国－当代 Ⅳ. ① I267

中国国家版本馆 CIP 数据核字（2023）第 072277 号

上架建议：文学

XINZHI WENKU LI TAIYANG ZUI JIN DE SHU
新知文库　离太阳最近的树

著　　者：	毕淑敏
出 版 人：	陈新文
责任编辑：	刘雪琳
监　　制：	李　炜　张苗苗　文赛峰
策划编辑：	李孟思
特约编辑：	丁　玥
营销支持：	付　佳　杨　朔　赵子硕
版权支持：	王立萌　刘子一
封面设计：	梁秋晨
版式设计：	马俊嬴
内文插图：	starry 阿星
封面插图：	starry 阿星
版式排版：	北京大汉方圆数字文化传媒有限公司
出　　版：	湖南文艺出版社
	（长沙市雨花区东二环一段 508 号　邮编：410014）
网　　址：	www.hnwy.net
印　　刷：	三河市鑫金马印装有限公司
经　　销：	新华书店
开　　本：	875 mm × 1230 mm　1/32
字　　数：	108 千字
印　　张：	5.75
插　　页：	4
版　　次：	2023 年 10 月第 1 版
印　　次：	2023 年 10 月第 1 次印刷
书　　号：	ISBN 978-7-5726-1132-2
定　　价：	29.80 元

若有质量问题，请致电质量监督电话：010-59096394
团购电话：010-59320018

目录

contents

卷一 —— 在远方行走的感悟 /001

地铁客的风格 /002

如果你一辈子只能认得一只鸟，请记住它的名字 /006

北极熊，如盛开的白莲花 /019

冻顶百合 /032

离太阳最近的树 /039

带上灵魂去旅行 /043

翅膀上驮着天堂亲人的期望 /048

卷二 —— 风不能把阳光打败 /063

我很重要 /064

自信第一课 /069

风不能把阳光打败 /075

精神的三间小屋 /078

常读常新的《人鱼公主》 /083

提醒幸福 /089

我的五样 /094

读书使人优美 /101

优点零 /103

写给胆小的朋友们 /106

常常爱惜 /113

卷三 ———— 种下一棵亲情树 /115

孝心无价 /116

儿子的创意 /121

孩子，我为什么打你 /125

带白蘑菇回家 /129

回家去问妈妈：真诚就在你的身后 /133

剥豆 /137

一厘米 /139

卷四 ──────── **需要收藏的温情** / 157

呵护心灵 / 158

洞茶 / 163

翻浆的心 / 168

你永不要说 / 172

悠长的铃声 / 176

卷一

在远方行走的感悟

地铁客的风格

挤车可见风格。陌生人与陌生人亲密接触，好像丰收的一颗葡萄与另一颗葡萄，彼此挤得有些变形。也似从一个民族刺出的一滴血，可验出一个民族的习惯。

那一年刚到日本，出行某地，正是清晨，地铁站里无声地拥挤着。大和民族有一种喑哑的习惯，嘴巴钳得紧紧的，绝不轻易流露哀喜。地铁开过来了，从窗户看过去，厢内全是黄皮肤，如等待化成纸浆的芦苇垛，僵立着，纹丝不动。我们因集体行动，怕大家无法同入一节车厢，走散了添麻烦，显出难色。巴望着下列车会松些，等了一辆又一辆。翻译急了，告知日本地铁就是这种挤法，再等下去，必会全体迟到。大伙说就算我们想上，也上不去啊。翻译说，一定上得去的，只要你想上。有专门的"推手"，会负责把人群压入车门。于是在他的率领下，破釜沉舟地挤车。嘿，真叫翻译说着了，当我们像一个肿瘤，凸鼓在车厢门口之时，突觉后背有强大的助力拥来，猛地把我们抵入门内。真想回过头去看看这些职业推手如何操作，并致敬意。可惜人头相撞，颈子根本打不了弯。

肉躯是很有弹性的,看似针插不进水泼不进的车厢,呼啦啦一下又顶进若干人。地铁中灯光明亮,在如此近的距离内,观察周围的脸庞,让我有一种惊骇之感。日本人如同干旱了整个夏秋的土地,板结着,默不作声。躯体被夹得扁扁的,神色依然平静,对极端的拥挤毫无抱怨神色,坚忍着。我终于对他们享誉世界的团队精神,有了更贴近的了解。那是在强大的外力之下,凝固成铁板一块。个体消失了,只剩下凌驾其上的森冷意志。

真正的苦难才开始。一路直着脖子仰着脸,以便把喘出的热气流尽量吹向天花板,别喷入旁人鼻孔。下车时没有了职业推手的协助,抽身无望。车厢内层层叠叠如同页岩,嵌顿着,只能从人们的肩头掠过。众人分散在几站才全下了车,拢在一起。从此我一想到东京的地铁,汗就立即从全身透出。

美国芝加哥的地铁,有一种重浊冰凉的味道,到处延展着赤裸裸的钢铁,没有丝毫柔情和装饰,仿佛生怕人忘了这是早期工业时代的产物。

又是上班时间。一辆地铁开过来了,看窗口,先是很乐观,厢内相当空旷,甚至可以说疏可走马,必能松松快快地上车了。可是,且慢,厢门口怎么那样挤?仿佛秘结了一个星期的大肠。想来这些人是要在此站下车的,怕出入不方便,所以早早聚在门口吧。待车停稳,才发现那些人根本没有下车的打算,个个如金发秦叔宝,扼守门口,绝不闪让。车下的人也都心领神会地退避着,乖乖缩在一旁,并不硬闯。我拉着美国翻译就想蹿入,她说再等一辆吧。眼看着能上去的车,就这样懒散地开走了,真让人于心不忍。我说,上吧。翻译说,你硬挤,就干涉了他人的空间。正说着,一位硕大身膀的黑人妇女,冲决门口的阻挠挺了上去,侧身一扛就撞到中部敞亮地域,朝窗外等车者肆意微笑,甚是欢快。我说,你看你看,人家这般就上去了。翻译说,你看你看,多少人在侧目而视。我这才注意到,周围的人们,无论车上的和车下的,都是满脸的不屑,好似在说,请看这个女人,多么没有教养啊!

我不解,明明挤一挤就可以上去的,为何如此?翻译说,美国的习俗就是这样。对于势力范围格外看重,我的就是我的,神圣不可侵犯。来得早,站在门口,这就是我的辖地。我愿意让出来,是我的自由;我不愿让,你就没有权力穿越……

北京地铁的拥挤程度,似介于日本和美国之间。我们没有职业的"推手"(但愿以后也不会有,如果太挤了,政府就应修建更多的交通设施,想更人性化的主意,而不是把人压榨成渣滓),是不幸也是幸事。

会不会挤车,是北京人地道与否的重要标志之一。单单挤得上去,不是本事。上去了,要能给后面的人也闪出空隙,与人为善才是正宗。只有民工才大包小包地挤在门口处。他们是胆怯和谦和的，守门不是什么领地占有欲，而是初来乍到，心中无底，怕自己下不去车。他们毫无怨言地任凭人流的撞击，顽强地为自己保有一点安全感。在城里待久了，他们就老练起来，一上车就机灵地往里走，用半生不熟的普通话说着："劳驾借光……"车厢内膛相对松快，真是利人利己。北京的地铁客在拥挤中，被人挤了撞了，都当作寻常事，自认倒霉，并不剑拔弩张。比如脚被人踩了，上等的反应是幽默一把，说一句："对不起，我硌着您的脚了。"中等的也许说："倒是当心点啊，我这脚是肉长的，您以为是不锈钢的吧？"即便是下等的反应，也不过是嘟囔一句："坐没坐过车啊，悠着点，我这踝子骨要是折了，你就得陪我上医院做 CT 去！"之后一瘸一拐地独自下车了。

人与人的界限这个东西，不可太清，水至清则无鱼，到了冷漠的边缘；当然也不可太近，没有了界限也就没有了个性没有了独立。适当的"度"，是一种文化的约定俗成。

还是喜欢中庸平和之道。将来有了环球地铁，该推行的可能正是北京这种东方式的弹性距离感。

如果你一辈子只能认得一只鸟，请记住它的名字

"50年胜利号"停在一座小岛附近，人们挤在船头，向岛上眺望。

"看，那就是。我看到了。"有人高叫。

"看到什么了？"我到得晚，一时不知道大家瞩目的是什么。

"南森的小木屋。"有人回答。

我拿起望远镜，努力观察。可是，除了沙砾和冰雪石块，根本没见任何屋子样的建筑。

我着急地问："小木屋在哪儿呢？我怎么看不到？"

朋友说："来，您顺着我的手指往那个方向看……对，再往上一点……好的，稍偏左……大约11点钟的方向……看到了吗？"

我拼命瞪大眼睛，努力到迎风流泪。无奈老眼昏花，还是没找到任何小木屋轮廓。眺望之中，我恍然觉得这里荒凉如西藏阿里。也许是因为寒漠、砾石且没有树，旷野就变得酷寒。

朋友实在没招，调整了一下思维，说："嗐！您不要寻找小木屋啦！"

我沮丧纳闷："不是说岸上有南森的小木屋吗？怎么你又说不要找了？"

朋友说："南森的小木屋只是一个说法。现在，已经看不见木屋了，只能看见当年木屋上的一根梁……"

哦！原来是这样！那我早就看见它了。说是木梁，就谬赞了，不过是根略长的弯曲木棍。在我倍数不是很高的望远镜中，它细弱如同柴棒……我第一次观察时就瞅见它了，以为是无关的漂浮木，却不想竟是南森的著名遗物。

张口闭口说南森，他究竟是谁？

不知道南森，就不算真正了解北极。

南森是挪威人，1861年10月10日出生在一个富有家庭。南森上大学读的是动物学，成绩优异。1882年，在格陵兰水域做调查研究的经历，让他对北冰洋产生了强烈兴趣。1888年，他获得博士学位，出任卑尔根博物院动物学馆馆长。

同年，南森驾雪橇进行横跨格陵兰冰盖的考察。但当冬季来临，他要回国时，却没赶上最后一班轮船，被迫留在当地过冬。倒霉透顶的遭遇，给了南森研究当地因纽特人如何抗寒的好机会。

回国后，南森靠捐款自行设计并建造了一艘特别的船，命名为"前进号"。它外形粗短坚固，整体呈流线型，基本上是一只蛋的模样。冰块压过来时，船会被冰举起来，避开了船被冰块挤压破碎的厄运。1893年，南森和12个同伴向北冰洋进发。他本想利用洋流，一路漂到北极点，事实证明这不可行。不过他的船果然很棒，经受了浮冰的考验，成功越冬。南森曾放下长达1000英尺[①]的测深线，都未能触到北冰洋的海底，说明北冰洋比先前估计的深多了。洋流的作用也没有预想中强大，风力却煞是凶猛。"前进号"航向一直锁定西北，但有时却会奇怪地倒退着向南走。原本估计2～5年能够抵达北极点的计划，很可能拖长到7～8年。南森在日记中写道："这样无忧无虑的生活，消极被动的生存，使我感到憋气。唉！连灵魂也会冻结。我宁愿选择去拼搏，去冒险，即使只给我一天片刻。"

当第二个冬天到来时，耐不住寂寞的南森想了个新主意，他要离开"前进号"，不再被动靠洋流，而是主动靠自己，从冰上直奔北极。剩下的船员们继续驾驶着"前进号"按照原计划航行。

1895年3月14日，南森和助手约翰逊带着必需品离开"前进号"，决定凭人力走到北极点，距离为350英里[②]。

南森和约翰逊跋涉冰原。刚开始，每天可前进14英里多。如果保持这个速度，20多天后就能抵达北极点。不料冰情很快恶化，冰脊组成迷宫，冰包林立，雪橇常常翻车，狗也非常吃力……

---

① 英尺：英美制长度单位。1英尺=0.3048米。
② 英里：英美制长度单位。1英里=1.609千米。

这还不算什么,南森惊奇地发现,虽然不停向北走,但晚上对照星座一测量,却发现几乎寸步未动,仍停留在昨晚的位置。他们脚下不是固定的陆地,而是向南漂浮的巨大浮冰。他们向北的步伐和浮冰南漂,两相抵消,劳而无功。

这可如何是好?南森只好放弃了原定想法,向南退却。他回头向北极点方向深情地看了一眼,嘴里自言自语:"不知什么时候还能再来一趟。"

南森的冰上徒步并不是没有意义的。他刷新了当时人类北进的新纪录,并首次向世界证明——北极点附近不是陆地,而是冰冻海洋。

北极短暂的春天来了,冰雪开始消融,化为深可及膝的雪。南森后撤,距离目的地——法兰士约瑟夫地群岛,还有400多英里。忙中出错,两人光顾赶路,忘了给手表上发条,又没有其他掌握时间的方法,从此混沌度日。由于太接近北磁极,指南针偏差很大,也无法报告确切位置。两人跌跌撞撞摸索着前行,3个半月后,也就是1895年8月7日,他们从冰原到达海边,远方出现一个小岛。两人划着兽皮船驶向海岛,除了休养生息外,还忙着勘测,收集地质标本,整理资料,斗志昂扬。

北极的第三个冬天来了。两人在岛上避风处盖了一座小木屋,用苔藓堵起石头缝来挡风,海豹皮做屋顶。海豹皮除了当瓦,还能做御寒衣物，海豹油可做燃料。北极熊肉是过冬的食物来源，熊皮成了铺盖。

极夜到了。偶尔没风的时候，两人出去打猎，欣赏极光跳动。狂风暴雪来袭，他们就躲在小房子里睡觉……吃熊肉喝肉汤，加之出不去门干不成事，南森长胖了 23 磅①，约翰逊也增加了 13 磅多。我奇怪这数字是如何量出来的，他们不会还背着体重秤吧？估计是回家后补测的。

1896 年的春天来了，南森看到一群自南方北归的候鸟，欢呼起来。5 月 19 日，两人抖擞精神，又开始了新的航行。他们把用品装上兽皮船，再把兽皮船绑在雪橇上。这样遇冰走冰，遇水航行。不巧兽皮船坏了，他们只好登上附近的一个小岛露宿。南森突然听到犬吠声，有狗就应该有人！南森看到迎面走来一个人，这个人居然还是熟人，大叫着打了招呼。来者是英国北极探险家弗雷德里克·杰中逊，欲探索北极陆上通道，正巧驻扎此岛。南森和约翰逊幸福地搬进了杰中逊的营地，几个星期后，搭乘一艘货船回国了。

巧的是，就在南森他们回国一个星期后，"前进号"也安全返回了。

---

① 磅：英美制质量单位。1 磅 =0.4536 千克。

感谢您耐心看完以上历史,想来您已明白我等抵近观察的那个小岛,就是南森和约翰逊苦挨度日的栖息地。小木屋已不见,只有一堆乱石堆砌。就连那根木头,也说不定是后来人安放在那里作为标志物的。不过,南森千真万确曾在这个岛上孤立无援地度过酷寒的漫漫极夜,顽强地活了下来。我凝视周围的砾石冰原,其上留着他们散步和打猎的足迹。

我们还路过了南森和杰中逊喜相逢的那个岛。由于海情不宜登岛,也是远远眺望。据说岛上有为南森和他的探险队所立的简易木制纪念碑。碑文已然残破,但每个上岛的人都会向纪念碑鞠躬致敬。

我闲来无事时想,让南森在荒岛上燃起希望的海鸟,是一种什么鸟呢?

在北极遇到的所有问题,几乎都能在探险队组织的课堂上得到解答。

从我住的舱房到船艉讲课厅,有两条路可走。我给它们起了名字,一名"暖路",一名"寒路"。

"暖路"是全封闭途径,过餐厅、图书馆、运动馆等地,盘旋绕行。经俄罗斯水手们的底舱住所后,再爬几层楼梯,可抵达讲课厅。完全不涉足户外,温暖如春。

"寒路"经短短走廊,打开两道防寒门,立即登临甲板。手握冰冷铁质扶梯攀上高层，再挤过蜿蜒的船上吊机缝隙，抵达讲课厅。耗时短，但奔走室外，寒风凛冽，冰雾扑面。

每当去听课，我和老芦就起纷争。他力主走暖路，免受冷风折磨。我愿走寒路，领略冰天雪地。寒路还有一小缺憾，需从起重机臂下的窄小空间钻过。我收腹屏气，还免不了碰脏冲锋衣。

平息争论的办法很简单——分道扬镳，各奔前程。我手脸冻得通红，衣袖沾着油污，先到一步，散淡地等着同桌老芦。

在甲板上行走，常常会看到海鸟。疑问盘绕心间——南森看到的是什么鸟。

有一堂课专门讲北极的鸟，授课老师是波塞冬探险队的"歪果仁"（外国人），知识渊博，不过我的问题还是没解决。

好在同行游客中也是英雄辈出，比如老杜，博学而广通鸟道。老杜，中年男子，轻微谢顶，为中规中矩的知识分子相貌。他极爱学习，不管何时，只要船上有讲座，无论我到得多么早，老杜都已端坐在场，以至于让我高度怀疑——老杜是否以课堂为宿舍。初次被老杜才华震慑，是在鲁比尼岩。此岩为一座巨大的陡峭石山，突兀屹立冰海之中，宛若鸟类电影院的黑色幕布。它的顶端被北极云雾笼罩，让人误以为它直插云霄。极地的雾，有点像质量优等的亚麻纱帘，一是浓，单看还依稀透亮，几层叠加起来，几乎完全不透光；二是它常常会有一个清晰的水平面，一半严丝合缝遮住天空让你什么都看不见，另一半却"眉清目秀"地让诸物显现，让人产生错觉，以为它是一片边缘清晰降落凡尘的云。

鲁比尼岩周围，千百万只海鸟翩然起舞。"50年胜利号"贴心地泊在附近，让游客们观鸟摄鸟。我持望远镜，见黝黑石壁顶天立地，形成无数纵行皱褶。在石头缝隙里，栖息着无数海鸟，架设着数不清的鸟巢……鲁比尼岩，可算鸟的安居工程。迷蒙的散射阳光，夹杂着些许雪粒，给这一切镀上不真实的橙粉。

鸟们肆无忌惮地或趴或卧，或叽叽喳喳或上下翻飞，俨然不可一世的鸟之大剧院。看了一会儿后，我把望远镜放下。虽说并无密集恐惧症，但数万只鸟挤在一处乌泱乌泱蠕动，让人有莫名的不适感。

鲁比尼岩看起来坚硬崭新，其实资格很老，形成于恐龙时代的火山爆发。它位于法兰士约瑟夫地群岛较南端的位置。在这趟奔赴北极点的旅程中，大家将不断听到"法兰士约瑟夫地群岛"这个名称，因为从俄罗斯的摩尔曼斯克出发向北，途中遇到的所有岛屿，都属于这个群岛。

每一个岛，都有自己的名字，算是同门兄弟。如果人跳到高空，化成巨眼鸟瞰，此群岛好似一块被摔碎的芝麻火烧。你可别以为这是个形似比喻，实际上完全是现实主义表述。群岛在侏罗纪之后的数十次地壳运动中，不断抬升成陆地，又不断没于水下，如同被暴力折叠的脆弱大氅，留下数不清的衣褶纹路。断裂带也会不安分地在某些地域陡峻地凸起于海面之上，鲁比尼岩就属这种龟裂状地貌。

此处食物丰富，刀剁斧劈般的险要绝壁，又成功阻挡了北极狐等入侵者前来偷鸟蛋，于是成了海鸟们的福地，相当于北上广深，聪明鸟族蜂拥而来。虽然鸟民密度很高，但大伙配合默契。有的鸟住高层，比如海鸥和海雀；有的鸟如同腿脚不好的老年人，愿意住低层，比如北极鸥；更多的鸟随遇而安，得个空隙便安营扎寨。

我对鸟一概不识，只能半张着嘴呆看。老杜说："别看北极圈的自然环境对人来说十分严酷，对鸟却相当温柔。北极鸟类共有120多种，大多数为候鸟。北半球约有六分之一的鸟类，会到北极繁殖后代。整个北极，可谓鸟族大摇篮。"

正说着话，一只中等大小的白色海鸟，围绕我们盘旋，既不靠太近，也不远去，只是不知疲倦地绕圈子。

老杜说："你可认识它？"

细看此鸟，两翅宽长，羽翅上覆有暗灰色斑带，脚短而壮，飞翔时两脚向后伸直。

看也白看，我说："不认识。"

老杜说："它叫暴雪鹱。"

我说："名字真棒。可惜它有点其貌不扬，糟蹋了这雄赳赳气昂昂的名号。"

老杜笑道："您不能以貌取人，哦，取鸟。此鸟虽相貌平平，但特别擅长在远海暴风雪中翱翔，是信天翁的亲戚，又名'暴风鹱'。"

"暴雪鹱"——真是鸟族中最威武铿锵的名字。正聊着，又见一鸟飞临，弧线完美。它有贵妇般艳丽的红嘴，脚也像芭蕾女鞋一样，着红色蹼。尾翼尖俏，如秋燕般呈锋利剪刀状。翅膀犀利光滑，毫不拖泥带水。头顶黑色，如同戴了呢绒小帽。它给人以高傲之感，目不斜视地低飞，掠过海浪，继而冲天而起，孤独但毫无怯意。

还没等我发问，老杜说："这就是大名鼎鼎的北极燕鸥，鸟中之王。"

我却有点想不通。北极燕鸥虽说漂亮，但算不上惊艳，比它俊的鸟还有很多。它的体格也不是很硕大，翼展也不是铺天盖日，飞行速度也并非风驰电掣。如此，何以称王？

看出我不解，老杜说："每年夏天，就是此刻啦，北极燕鸥在此繁殖。到了北极冬天，进入极夜时分，它们早就飞走了。"

我问："到哪儿去了呢？"

老杜答："南极。在那里，它们待4个月，用磷虾把自己喂得肚饱肠圆，壮壮实实。当北极春天到来时，它们又开始新的一轮迁徙，从南极再飞回北极。"

我极力调整思维,力图跟上老杜的叙述。脑海中出现一个虚拟地球仪,在它的两端大跨度地勾勒两条直线。

我疑惑地问:"您的意思是说……北极燕鸥,每年会在地球南北两极之间往返一次?"

老杜说得很明白,但我还是没多少把握,故要重复落实一遍。不由自主瞄着刚才那只北极燕鸥消失的方向,心想,现已秋天,它就这样义无反顾地直奔了南极?

老杜点头道:"正是。每一年,北极燕鸥在南北极之间穿行一次,行程达数万千米。"

我说:"即使是喝汽油的飞机,要直接从北极飞往南极,或是从南极飞往北极,也不容易吧?"

老杜说:"这对人类来说,非常困难。就连咱们脚下这艘看起来气吞山河的原子能破冰船,也不敢轻易穿过赤道。赤道太热,冷却水达不到要求,它很难过去。"

我惊奇道:"北极燕鸥为何年年岁岁不辞万里翱翔不止?!"

老杜说:"北极燕鸥非常喜欢阳光,生活在极昼中极为快乐。享受完北极圈的极昼后,燕鸥们向南飞,越过赤道,直抵南极,开始享受南半球的日不落。等到南半球极夜降临时,它们再向北飞,回到北极沐浴阳光。它们穷其一生,都在追逐阳光。"

我长叹一声道:"阳光固然好,但每年这么一场超长的鸟类马拉松，北极燕鸥最后会被活活累死。"

学者的特点之一，就是往往在他们不内行的领域和日常生活中木讷，甚至显出轻微愚笨。一旦进入了他们擅长的领域，就像被喷了一口净瓶甘露的枯枝，枝叶复活并口吐莲花。老杜恰好进入这种状态。

"非也。北极燕鸥是相当长寿的鸟，起码可活20年。1970年，有人逮到一只北极燕鸥，腿上有套环。细一查看，居然是1936年套上去的。你算算，且不说套上环的时候这只燕鸥有多大，单是从1936年到1970年，它就已经活了34年。南北极一个单程约为2万千米，来回就是4万千米。它们的导航系统非常精密，在如此长距离的飞行中，可以毫不偏离地到达目的地。算下来，这只北极燕鸥被捕到时，累计飞行了至少136万千米。"

我脚下一滑，差点晕倒跌入北冰洋。136万千米，这还是一只鸟吗？简直是超级远程轰炸机。

老杜意犹未尽，秒变话痨。"北极燕鸥不但飞行力超群，而且勇猛无比。一旦外敌入侵，立刻团结一致，全力对外。假设一只号称北极霸主的北极熊悄悄逼近北极燕鸥聚居地，想吃燕鸥的蛋充饥。原本燕鸥们正在内讧，彼此争斗不已，一看大敌当前，先是立马安静，之后一块儿腾空而起，像战斗机群一样，轮番向北极熊发起俯冲攻击，坚硬的嘴巴密集地向北极熊的大脑袋啄去……"

想想很有喜感。我问:"后来呢?"

老杜哈哈笑道:"没有什么后来,北极熊抱头鼠窜了呗。"

老杜接着说:"北极燕鸥是已知迁徙路线最长的物种。它们享受日照时间之长,世界上没有任何动物可与之相比。"

我不知这两者之间有无确切的联系。想来,北极燕鸥超凡入圣的体力,一定有它玄妙的来源。是北极贝壳和小鱼的营养的功劳?抑或南极磷虾提供的能量?世上吃这类海鲜的动物多了去了,谁有这般勇气和毅力?思来想去,只能将这伟大的洪荒之力,归功于太阳。北极燕鸥与太阳每年有如此长时间的亲密接触,从阳光那里汲取了无穷能量,化作在南北极之间翱翔的英姿。

老芦一直在我们身旁蹭听。回到舱房,他叹道:"如果人一辈子只能认得一种鸟,我要记住这个名字——北极燕鸥。争取下辈子变作它的模样。"

我诧异:"真看不出你还有这般吃苦耐劳追求光明的勇气。我下辈子很可能变成一滴海水,毕竟地球上有70%的面积都被水覆盖。大概率事件。"

我后来琢磨,那只让勇士南森在无名小岛上欢呼雀跃并燃起希望的北归候鸟,定是北极燕鸥。

北极熊，如盛开的白莲花

第一眼看到北极熊，惊艳。

原以为既然到了北极，以此地名称冠名的这种熊，理应不少。虽不能像早年间荒山野兔遍地跑来跑去，但每天见上几只，应该不成问题。真到了北极圈内，才发现生存环境之恶劣，真不是我等生活在温带的人可以轻易想象的。除了北极圈近处的岛屿荒漠上，有些许苔藓类低等植物苦苦挣扎，其余皆冰海无边。此刻还是北极地区最温暖的季节，已让俺们叫苦不迭，若是到了连续100天完全不见太阳的极夜酷寒之时，简直是地狱缩影。什么动物能在这种艰窘之中生存啊?!

答案——汝之砒霜，吾之蜜糖。铺天盖地冷峻无比的冰海，乃是上苍送给北极熊的最好礼物。北极熊，常年驻守北纬80度到85度之间的广阔冰域。说它们常驻，指一年到头，无论极昼还是极夜，无论觅食还是繁衍，都寸步不离这极北苦寒之地。不像一些候鸟，是典型的机会主义者。拣着北极仅有的好时光，在这里休憩养子，一旦气候转劣，它们立刻起飞，成群结队向南逃逸，寻找更舒服的地方。这固然也不失为一种活法，但北极熊的孤独与矢志不渝，让人更生喟叹。

船艄驾驶舱里，有探险队观察员值班，手执高倍望远镜，东巡西看，日夜不停地找熊。在北极地区，凡说到"熊"，特指北极熊，不包含任何其他熊（这地儿也没有别的熊出没）。更准确地说，探险队员在整个白天不停地找熊，因此地没有夜晚。半夜12点太阳也绝不下班，称"午夜阳光"。

我想象不出持续光照之下，北极熊怎么睡觉。

尚未晤面一只熊，船上就开了相关讲座，让大家先从理论上结识北极熊。老师的第一个问题是：谁知道此地究竟生活着多少只北极熊？

面面相觑，没人晓得。

老师说："北极地区总面积超过2100万平方千米，如此广袤地域上，生活着大约2万只北极熊。除了雌熊带幼崽的短暂时光，成年北极熊都是独行侠。你们可以计算一下，平均多少平方千米的面积上，能有一只北极熊？"

大家很快算出，约1000平方千米面积，才能摊上一只北极熊。

老师这席话，一箭双雕。一是介绍了相关知识，二是提醒人们对撞见北极熊一事，不可操之过急。想想也是，"50年胜利号"如离弦之箭，直奔北极点，走的是近乎笔直的航线。要想迎面碰上一只北极熊，并非易事。

至于我提问的北极熊极昼期间如何睡觉，专家答复如下。

一般人以为北极熊会冬眠，错。极夜来临时，北极地区气温会降到零下数十摄氏度，北极熊寻找避风地方，倒地而睡。它很长时间不吃东西，呼吸频率放缓，将营养消耗减到最低。不过，这并不是真正意义的冬眠，只是似睡非睡的休憩状态。一旦遇到紧急情况，北极熊可以立即惊醒，立刻转入应变的战斗姿态。

想想也是，若北极熊真如僵硬的冻蛇般，在冬季毫无知觉，在北极极端寒冷苍凉的环境中，恐难历久弥安。

专家接着介绍，北极熊是个吃货，若食量不足，则熬不过酷寒。它大致每四五天就要吃掉一整只海豹。它的主食是环斑海豹，每只重120多千克。这样算下来，成年北极熊每日需20多千克肉才可度日。每年的3月～5月，北极熊进入发情期，变得异常活跃，奔跑跳跃，水陆两栖。肉食供应充足时，浓厚的海豹脂肪会把北极熊的毛色染得发黄。忍饥挨饿的北极熊，毛色则比较白。北极熊厚厚的皮下脂肪层，对它来说性命攸关。寒冷时充当抓绒外套，下海游泳时就成了救生圈，粮草告急时就是干粮袋。北极熊的四肢既粗壮又灵便，能为它的奔跑和捕猎提供强大的爆发力和耐力。它跑动的时速可达60千米。它的两只前掌，雄健超拔，挥舞起来，有雷霆万钧之力，一巴掌即可将猎物置于死地。四个爪垫上长满粗毛，既有助于保暖，又能防滑，保证北极熊在冰面上健步如飞。北极熊的视力和听力一般，和人类差不多。嗅觉则异常灵敏，隔着数百米，就能闻出冰层下海豹的味道。

自然界中的北极熊，体长可达3米，体重可达800千克。过去有一段时间，北极熊曾雄踞世界上陆地食肉动物霸主地位。后来在加拿大某地，发现了体重880千克的棕熊，北极熊自此屈居亚军。我对这个结果存疑。北极那么大，并不是所有的北极熊都上过磅秤。也许哪天人们发现了体重更大的胖熊，把宝座重新夺回来也说不定。

看似极为贫瘠的北极生态系统，居然养活了世界上第二大的陆地食肉动物，不可思议。

这些有关北极熊的知识，都极为宝贵。不过听到这会儿，我的问题并未得到解答。北极熊终日活跃在明亮阳光下，又没人给它配遮光窗帘，如何睡得着？

老师总算开始为我答疑解惑，说北极熊可能会有局部夏眠。夏眠本身就难理解，再加上"局部"，什么意思？老师说，北极熊度夏，和它在冬季时的情形差不多，保持迷迷糊糊似睡非睡，但能随时投入战斗的状态。概因夏季的北极，浮冰融化，北极熊很难觅到食，只好自我压缩需求，降低营养消耗，以保存体力，图谋秋季东山再起。据说专门研究北极熊的专家曾在夏末时分抓到过几只北极熊，它们的前熊掌上，居然长满了茂密长毛。熊掌是北极熊捕杀猎物的重器，刀枪锈成这样，说明它们整个夏季几乎没有觅食活动。

冰雪重新席卷天地，北极熊苦尽甘来。海面封凝，环斑海豹们躲在冰层之下，平时还挺安全，无奈它们不时得到冰面上透透气，留下孔洞。北极熊会千方百计找到这些洞，当成自己的琉璃餐盘。它们极具耐性地蹲踞一旁，悄无声息地候着海豹。海豹刚露出脑袋想换气，以逸待劳的北极熊一巴掌闪电般拍下，海豹顿时脑壳迸碎。北极熊立刻用嘴咬住海豹皮，以防到手的猎物沉下水，白忙活一场。之后北极熊拼尽全力，将海豹从冰窟窿里扯上来，开始享用冰上大餐。它先吃海豹的内脏和脂肪，以防有别的熊蹿过来抢食。脂肪能量最高，若被夺走，损失就大了。酷寒北极，生命之火全靠高能量维系。

北极熊这套捕食策略，说来轻松，成功率并不高，大约只有5%的胜算。如果年老力衰，北极熊长期捕不到猎物，就有可能被饿死。

听完课，人们都明了与北极熊相见的缘分相当渺茫。本来就地广熊稀，又正逢青黄不接的夏天，熊们已靠浅睡降低基础代谢率熬着缺粮草的日子，来人还眼巴巴地想一睹芳颜，有点不识时务。

据说在历年旅客们北极点轻探险中，真有过航行十几天，没与一只北极熊打过照面的悲催史。听天由命吧。

做了最坏的准备,运气却并没有那样差。某天,广播中传出呼唤,说在船艄右舷大约3点钟方位,有北极熊出没。人们飞快地从各自舱房"奔窜"而出,三步并作两步跑向甲板最高处,互相打探:在哪儿?看到了吗?

没有。没有北极熊,只有银色冰面,在太阳下闪着龙鳞状的碎光。最先奔上甲板的游客,大呼小叫狂喊不绝,机警的北极熊立刻纵身跳下冰面,潜入水中,再也不肯露头。

破冰船飞快前行,北极熊藏身的冰域,渐渐向后隐去。北极熊安定下来重新浮出水面的机会,也一并远离。这旅途中的第一只北极熊,除极少数人目睹了,大家都没看到,悻悻归舱。好在吃一堑长一智,等再次播放有熊出没的信息时,大家都蹑手蹑脚,贼一般地在甲板上游走,状如幽魅。

这是我第一次亲见北极熊。它并不算很大,身体灵活,毛色雪白,估计肚子里的油水有限,不曾被环斑海豹的脂肪染黄。它在冰面上迅疾奔跑,如同银箔打造而成的精灵。四只大掌,犹如白色蒲扇,在冰雪中有序扑打,上下翻飞,姿态优雅。虽说它的听觉并不发达,但游客们吸取教训完全噤声,加之原子能破冰船并不散发任何味道,它不曾受到惊吓,仍保持着怡然自得的心境,其乐悠悠。奔跑中遇到海冰错落处,面对海水阻隔,它想也不想,并不放慢脚步，也没有丝毫踌躇，凭借跑动惯性凌身一跃，在空中划出灼灼一道白光，稳稳降至另外的浮冰上。在它的前方，冰区多裂，便一个箭步接着一个箭步飞腾而起，好像跨越无形的栏杆，步幅可达5米。多数时刻，它判断准确，安然着陆（准确地讲是安然着冰），接着马（准确地讲是熊）不停蹄地奔跑。时有运气不佳，不知是判断有误还是体力不济，它未曾抵达另一冰面，而是坠落冰隙，被蔚蓝色的海水淹没。北极熊镇定自若，并不觉得有何异样，马上昂起头，不慌不忙开始自在划水……

北冰洋的水多刺骨啊！陷落那一刻，北极熊被冰水瞬间浸透，会不会冷得打一个寒战？

一刹那，眼泪夺眶而出。

不仅是叹息北极熊生存之艰难，更是感动于它舒展酣畅的泳姿。

清澈海洋如蓝色水晶，北极熊浮动时，优雅如盛开的白莲花。我知道如此形容一只重达几百千克的凶猛动物似有不搭，但当目睹这硕大雪白的灵物，在漂荡浮冰的幽蓝海水中轻盈而悠然地舞动四肢，如特大水母般随波荡漾之时，你只能发出如此不可思议的喟叹。

北极熊无拘无束无忧无虑地戏着水，宽大的前爪宛如双桨，向下压动并向后拨划，为庞大躯体提供前进动力。后腿则基本上并在一处，起着舵的作用，掌控它游动的方向。

哦！它们的安然是有理由的。北极是北极熊的领地，它们雄踞食物链的最顶端，在人类出现之前，所向无敌。它们的生物序列中，没有恐惧的双螺旋基因存在。所以，它们不慌张、不顾盼、不鬼祟、不脆弱，畅游于万古不化的寒冰和深达4000米的海水混合而成的极寒世界，呈现出如此完美飘逸的仙气。

举起望远镜细察之下，发觉北极熊头部比较窄小，口鼻连在一起呈细长楔形，侧面观来多少有点尖嘴猴腮状。或许因为咱们总看熊猫，误以为熊脸近圆，其实不确。北极熊不但像时下影视女明星一样脸小，耳朵和尾巴也很小，整个身体毫不留情地删减凸起的附件，打造出完美的长椭圆身形，有助于在严寒中保存体温。北极熊是游泳健将，此刻它半侧着身游泳，实为牛刀小试。倘若真有必要，在冰海中连续游个四五万米不成问题。

老师说过，北极熊所有活动都在冰盖上进行，包括交配、生崽。一说到冰盖，人们想到的常是一块能够量出长短的场地，最大可能有足球场那么大吧。其实北极的冰盖，动辄以平方千米为计量单位，置身其上，你没有丝毫的漂浮感，会误以为它下面是稳定的陆地。雌熊和雄熊在短暂"蜜月"之后，便各奔东西，老死不相往来。其后发生的事情有点匪夷所思，每年三四月份交配成功后，雌熊体内的受精卵并不马上发育，而是悄无声息地等待时机。

它要等雌熊子宫水草丰美之时，方入宫成长。这个等待的时机相当漫长，有时可达半年。一直到秋天，雌熊积聚了足够的营养，受精卵才开始发育。年底，北极熊宝宝出生了。幼崽通常只有几百克重，相当于母熊体重的千分之一。母熊一般生双胞胎，偶尔也有 1 只或 3 只的时候。小北极熊出生时像个小耗子（这和熊猫有点像，熊猫崽也非常小只）。小熊出生之后长得非常快，因为熊妈妈的乳汁中脂肪含量达 30% 以上。小熊吃奶 4 个月后，就能和妈妈一道走出巢穴，学习捕猎。两年后，小熊长大了，会离家出走，从此独立生活。

北极熊是完全食肉动物，食谱中没有任何植物。这也不能怪它饮食习惯不健康，都是叫北极的恶劣环境逼的。土生土长的北极植物，主要是苔藓和地衣之类。北极较低纬度处，偶尔还可见点滴绿色惊鸿一现，更高纬度的地方几乎寸草不生。高纬度地区的植被，产量极低，打包归拢到一处，估计连兔子都喂不饱，哪能填满北极熊的大肚子。北极熊终生只能以纯肉类充饥，冰天雪地独来独往，它或许是地球上最孤独寂寞的动物。

如果北极浮冰融化，甚至无冰，北极熊就失却了家园，无法生存下去。有人问动物专家："可否让北极熊移民南极，让它们调整食谱，练习着从此改吃企鹅？"

动物专家说："北极熊不愿离开北极。"

从北极回来后，方知2016年北京夏天酷暑难熬。有记者爆料，豢养在北京动物园的北极熊，吃掉了很多西瓜，还喝了绿豆白糖汤加固体果珍饮料。

我相信人们在尽一切努力安抚迁居的北极熊，但圈养在水泥森林里皮毛污浊的北极熊，能和冰海中畅游的北极熊相比吗？看到资料说，欧洲某动物园为了一解北极熊思乡之苦，在水泥砌成的院墙上，用白油漆涂画了冰山的形状。我不能想象北极熊望着油漆剥脱的水泥墙会想起什么。

如果说北极熊有什么天敌的话，那就是人。北极的土著居民，长久以来就有猎杀北极熊的传统。不过没有枪支的因纽特人，赤手空拳对付力大无穷的北极熊，也是险象环生。

我看过一则故事。当地人先抓一只海豹，将它杀死，把血倒进一只水桶。血液中央，插入一柄两面开刃的匕首。北极气温极低，鲜血立即凝固，匕首冻在血中央，若血冰棍。当地人把血冰棍倒出来，裸放冰原。

前头说过，北极熊鼻子特灵，几千米外嗅到血腥味，颠颠赶来看究竟，高兴地舔起血冰棍。舔着舔着，舌头就麻木了。北极熊不想放弃这难得的美味，继续舔食。咦，血的味道怎么变得这么美妙？新鲜温热，一滴滴流入北极熊的咽喉。

它越舔越起劲，却不知尝到的是自己的血。北极熊舔到了冰棍中央,双刃匕首刺破了它的舌头,鲜血涌了出来。北极熊舌头已木,感觉不到痛楚。它越发用力舔食,舌头就伤得更深,血就流得更多……渐渐地,北极熊失血过多,晕厥倒地。潜伏在周围的人们走过来,轻松地捕获了北极熊。

我查不到这故事的原始出处,强烈怀疑它是个寓言,而非真实事件。第一,北极熊有那么傻吗?它连自己的受精卵都能控制,等到营养储备丰富时再移入子宫开始发育,生理机能进化得如此精妙,自己的血却尝不出来,成立否?

第二,动物舌头上的血管虽然丰富,但并没有大的动脉和静脉。也就是说,就算划破舌头,甚至割掉舌头,都不至于出血到休克死亡的地步。舌头上只有一些小血管,不信你想想吃凉拌口条时,可曾见有大血管存在的痕迹吗?

记得我学医时,问过解剖学教授:"您课堂上讲舌头没有大血管,那么,古书上记载的忠勇之士咬舌自尽是怎么回事?"

估计该教授第一次碰到这种寻衅滋事的学生,本着诲人不倦的传统,忍着没给我冷脸。他思忖了一会儿说:"人体舌头上没有大血管,这毫无疑问。至于咬舌自尽,只能说明该人自杀决心非常大。舌上的感觉细胞很发达,咬舌非常痛苦。一个人如果执意自戕,终究死得成。咬舌后剧烈疼痛引发的反应性休克、继发感染、无法进食导致的营养极度匮乏进而全身机能衰竭……诸种原因，皆可最后致死。古书上的咬舌记载，主要表明这个人必死之心决绝，并最终达到了目的。至于具体是否系咬舌立刻死亡，也许并不是史家记录的重点。"

作为一个主讲骨骼、关节和肌肉血管走向的医学教授，能把人文历史注解到这地步，我由衷佩服并牢记了他的观点。套到北极熊身上，不一定对，恭请行家指正。

现在，容我问你一个问题：北极熊的皮肤是什么颜色？

估计大多数人都会说："白的呀。这还用问吗？"

哈哈，错啦！北极熊的皮毛看起来是白色，皮肤却是黑色。不信你注意观察它的鼻头、爪垫、嘴唇以及眼睛四周无毛之处，就会看到黑漆漆的皮肤本貌。至于北极熊为什么长成这模样，也是拜酷寒所赐，黑皮肤有助于吸收阳光热能。

再问一个问题：北极熊的毛是什么颜色？

有人会说："白色啊。谁不知北极熊又叫白熊，皮肤已经是黑的了，毛再是别的颜色，那就该叫花熊了。"

呀，不对。北极熊毛是透明的，形状也很特别，每一根毛发都是中空的，如透明吸管。这样的构造，可以让阳光直接透射到毛下的黑皮上，使热量畅通无阻地被汲取入身。对毛色透明这一说法，很多人包括我，实也半信半疑。好在有人颇有刨根问底的科学精神，为了找到准确答案，干脆跑到动物园，搞到一根北极熊毛发（估计不敢揪，地上捡的吧），把它送到实验室，请科研人员在显微镜下观察。为了让实验更具可比性，此人又把自己头上的黑发薅下一根，也一并送到显微镜下。结果怎样？显微镜如同照妖镜，人发为黑，北极熊毛则呈完全透明的管状。

服了吧！科研人员说："人发有实心髓质，呈现黑色。北极熊毛无髓，为空腔小管，因此全透明。"

"那……无数人亲眼所见北极熊都是白色啊。"有人不服。

科研人员答："光线射在北极熊身上，当所有波长的光都被散射时，就呈现白色。好比水本身是透明的，但河流溅起的水花会呈现白色。组成云的微水滴也是透明的，但天空的云彩会呈现白色……都是光线变化所致。"

此刻，请你闭上眼睛，设想一下北极熊的真实模样——一身黑炭也似的皮肤，披着无数根透明长毛，在蔚蓝冰水里舒展身姿，高傲而孤独。

如果北极冰层彻底融化，北极熊丧失了休养生息的家园，最后活活饿死，变成一张褴褛黑皮，人类啊，包括你我，难辞其咎。

冻顶百合

世界上有没有冻顶百合这种花呢？在我写这篇文章之前是没有的，虽然它很容易引起一种关于晶莹香花的联想，但其实是一个拼凑起来的蹩脚词语。

那一年到台湾访问，去台湾岛内第一高峰玉山。随着公路盘旋，山势渐渐增高。随行的一位当地女作家不断向我介绍沿路风景，时不时插入"玉山可真美啊"的感叹。

玉山诚然美，我却无法附和。对于山，实在是"曾经沧海难为水"啊！十几岁时，当我还未曾见过中国五岳当中的任何一岳，爬过的山峰只限于北京近郊500多米高的香山时，就在猝不及防中，被甩到了世界最宏大山系的祖籍——青藏高原，一住十几年，直到红颜老去。

青藏高原是万山之父啊！它在给予我无数磨炼的同时，也附赠一个怪毛病——对山的麻木。从此，不单五岳无法令我惊奇，就连漓江的秀美独柱、阿尔卑斯的皑皑雪岭，对不起，一概坐怀不乱。我已经在少女时代就把惊骇和称誉献给了藏北，我就无法赞美世界上除了冈底斯山、喀喇昆仑山、喜马拉雅山以外的任何一座峰峦。朋友，请原谅我心如止水。由于没有恰如其分地回应，女作家也悄了声。山势越来越高了，蜿蜒公路旁突然出现了密集的房屋和人群。也许是为了挽救刚才的索然，我夸张地显示好奇，这些人要干什么？

这回轮到当地女作家淡然了，说，卖茶。

我来了兴趣，继续问，什么茶？

女作家更淡然了，说，冻顶乌龙。

我猜疑她的淡然可能是对我的小小惩罚，很想弥补刚才对玉山的不恭，马上兴致勃勃地说，冻顶乌龙可是台湾的名产啊！前些年，大陆有些人以能喝到台湾正宗的冻顶乌龙为时髦呢！说着，我拿出手袋，预备下车去买冻顶乌龙。

女作家看着我，叹了一口气说，就是爱喝冻顶乌龙的人，才给玉山带来了莫大的危险。她面色忧郁，目光黯淡，和刚才夸赞玉山风景时判若两人。

为什么呀？我大惑不解。

她拉住我的手说，拜托了，你不要去买冻顶乌龙。你喜欢台湾茶，下了山，我会送你别的品种。

冻顶乌龙为何这般神秘？我疑窦丛生。

女作家说，台湾的纬度低，通常不下雪也不结霜。玉山峰顶，由于海拔高，有时会落雪挂霜，台湾话就称其"冻顶"。乌龙本是寻常半发酵茶的一种，整个台湾都有出产，但标上了"冻顶"，就说明这茶来自高山。云雾缭绕，人迹罕至，泉水清洌，日照时短，茶品自然上乘。

冻顶乌龙可卖高价，很多农民就毁了森林改种茶苗。天然的植被遭到破坏，水土流失。茶苗需要灭虫和施肥，高山之巅的清清水源也受到了污染。人们知道这些改变对于玉山是灾难性的，但在利益和金钱的驱动下，冻顶茶园的栽培面积还是越来越大。我没有别的法子爱护玉山，只有从此拒喝冻顶乌龙。

女作家忧心忡忡的一席话，不但让我当时没有买一两茶，而且时到今日，我再也没有喝过一口冻顶乌龙。在茶楼，如果哪位朋友要喝这茶，我就把台湾女作家的话学给他听，他也就改变主意了。

又一年，我到西北出差，主人设宴招待。我得知身边坐着的先生是植物学博士，赶紧讨教。说我乡下的院子里有一棵苹果树，很多年了，却从不结苹果。

苹果树的树龄多大呢？他很认真地询问。

不知道。它是被我捡回家的，因为修公路，它就被人从果园连根刨起，几乎所有的枝丫都被人锯走当了柴火。我发现它的时候，它的根系干燥得只剩下拳头大的一小窝，完全是根烧火棒的模样。我把它栽到院子里浇上水，没想到几个月后，它长出了绿色旗帜一般的新叶……我说。

植物的生命力比我们所有的想象都要顽强，只要你尊重它。植物学博士说。

可是，它为什么不结苹果呢？它会记人类的仇吗？它是否需要漫长的休养生息？我问。

植物是不会记仇的，它们比人类要宽宏大量得多。按照你说的时间计算，它该恢复过来了，可以挂果了。最大的失误可能是没有授粉，你的苹果树太孤独了……植物学博士谆谆教诲。

我说，明年春天，我是向老乡讨来另一树上的花枝，向我家的苹果树示爱，还是再栽一株新的苹果树呢？侍者端上了一道新菜，报出菜名"蜜盏金菊"。

纷披的金黄色菊花瓣婀娜多姿，奶油、蜂糖和矢车菊的混合芬芳，撩动着我们的眼睫毛和鼻翼，共同化作口中的津液。

吃吧吃吧，这道菜是要趁热吃的，凉了就拔不出丝了。主人力劝，大家纷纷举箸，遂赞不绝口。活灵活现的菊花花瓣像千手观音，厨师好手艺啊！

植物学博士面色冷峻，一口未尝。多年当医生的经验让我爱多管闲事，一看到谁有异常之举就怀疑病痛在身。菜很甜，我悄声问，您不爱吃糖？

没想到，他大声回答，我不吃这道菜，并不是有糖尿病，我很健康。

我一时发窘,不知道他为什么义愤填膺。植物学博士继续义正词严地宣布道,菊花瓣纤弱易脆,根本经不起烈火滚油。这些酷似菊花的花瓣,是用百合的根茎雕刻而成的。

大家说,想不到你在植物学之外,对厨艺还有这般研究,一定是常常下厨吧?

博士仍是一脸的冰霜,说,对,我是常常下厨房,请厨师们不要再用百合了,但是,没有人听我的。所以,我只有不吃百合。

餐桌上的气氛陡然肃穆起来。为什么?异口同声。

博士说,百合花非常美丽,特别是一种豹纹百合,更是花中极品,象征着安宁、和谐、幸福。

我失声道,难道我们今天吃的就是插在花瓶中无比灿烂的百合吗?

博士道,豹纹百合和菜百合不是同一个品种,但属于一个大家庭,餐桌上吃的是百合的球茎。这几年,由于百合的食用和药用价值,人们对它的需求越来越大,越来越多的农民开始种百合。百合这种植物,是植物中的山羊。

大家实在没法把娇美的百合和攀爬的山羊统一起来,充满疑虑地看着博士。

博士说,山羊在山上走过,会啃光植被,连苔藓都不放过。

所以，很多国家严格限制山羊的数量，因此羊绒在世界上才那样昂贵。百合也须生长在山坡疏松干燥的土壤里，要将其他植物锄净，周围没有大树遮挡……几年之后，土壤沙化，农民开辟新区种植百合，百合虽好，土地却飞沙走石。

那一天，那一桌的那盘美妙的蜜盏金菊，只被人动了几筷子，那是在植物学博士还没有讲百合就是山羊之前，嘴馋的人先下的手。

从此，我家的花瓶里再没有插过百合，不管是西伯利亚的铁百合还是云南的豹纹百合。在餐馆吃饭，我再也没有点过"西芹夏果炒百合"这道菜。在菜市场，我再也没有买过西北出的保鲜百合，那些洗得白白净净的百合头挤压在真空袋子里，好像一些婴儿高举的拳头，在呼喊着什么。

一个人的力量何其微小啊！我甚至不相信，这几年中，由于我的不吃不喝不买，台湾玉山阿里山上会少种一寸茶苗，西北的坡地上会少开一朵百合，会少沙化一抔黄土。

然而很多人的努力聚集起来，情况也许会有不同。我在巴黎最繁华的服装商店闲逛，见到地下室里很多皮衣在打折贱卖，价格便宜到你以为商家少写了几个零。我因惊讶而驻足，同行的朋友以为我图便宜想买，赶紧扯我离开，小声说，千万别买！在这里，穿动物皮毛是"野蛮人"的代名词。

努力，也许就会有不可思议的力量出现。墙倒众人推一直是个贬义词,但一堵很厚重的墙要轰然倒下,是一定要借众人之手的。

  我没有向我家的苹果树摇动另外的花枝,也没有栽下另外一棵苹果树,在长久的等待之后,它无声无息地结出了几个苹果,其味巨甜。

离太阳最近的树

30年前,我在西藏阿里当兵。

这是世界的第三级,平均海拔5000米,冰峰林立,雪原寂寥。不知是神灵的佑护还是大自然的疏忽,在荒漠的褶皱里,有时会不可思议地生存着一片红柳丛。它们有着铁一样锈红的枝干,风羽般纷披的碎叶,偶尔会开出穗样细密的花,对着高原的酷热和缺氧微笑。这高原的精灵,是离太阳最近的绿树,百年才能长成小小的一蓬。在藏区巡回医疗,我骑马穿行于略带苍蓝色调的红柳丛中,竟以为它必与雪域永在。

一天,司务长布置任务——全体打柴去!

我以为自己听错了,高原之上,哪里有柴?

原来是驱车上百公里,把红柳挖出来,当柴火烧。

我大惊,说:"红柳挖了,高原上仅有的树不就绝了吗?"

司务长回答:"你要吃饭,对不对?饭要烧熟,对不对?烧熟要用柴火,对不对?柴火就是红柳,对不对?"

我说:"红柳不是柴火,它是活的,它有生命。做饭可以用汽油，可以用焦炭，为什么要用高原上唯一的绿色！"

司务长说："拉一车汽油上山，路上就要耗掉两车汽油。焦灰炭运上来，一斤的价钱等于六斤白面。红柳是不要钱的，你算算这个账吧！"

挖红柳的队伍，带着铁锹、镐头和斧，浩浩荡荡地出发了。

红柳通常都是长在沙丘上的。一座结实的沙丘顶上，昂然立着一株红柳。它的根像巨大的章鱼的无数脚爪，缠附到沙丘逶迤的边缘。

我很奇怪，红柳为什么不找个背风的地方猫着呢？生存中也好少些艰辛。老兵说："你本末倒置了，不是红柳在沙丘上，是因为有了这红柳，才固住了流沙。随着红柳渐渐长大，被固住的流沙越来越多，最后便聚成了一座沙山。红柳的根有多广，那沙山就有多大。"

啊，红柳如同冰山，露在沙上的部分只有十分之一，伟大的力量埋在地下。

红柳的枝叶算不得好柴薪，真正顽强的是红柳强大的根系，它们与沙子黏结得如同钢筋混凝土，一旦燃烧起来，持续而稳定地吐出熊熊的热量，好像把千万年来从太阳那里索得的光芒，压缩后爆裂开来。金红的火焰中，每一块红柳根都弥久地维持着盘根错节的形状，好像傲然不屈的英魂。

把红柳根从沙丘中掘出,蕴含着很可怕的工作量。红柳与土地生死相依,人们要先费几天的时间,将大半个沙山掏净。这样,红柳就枝丫遒劲地腾越在旷野之上,好似一副镂空的恐龙骨架。这里需请来最有气力的男子汉,用利斧,将这活着的巨型根雕与大地最后的联系一一斩断。整个红柳丛就訇然倒下了。

一年年过去,易挖的红柳绝迹了,只剩那些最古老的树灵了。

掏挖沙山的工期越来越长,最健硕有力的小伙子也折不断红柳苍老的手臂了。于是,人们想出了高技术的法子——用炸药!

只需在红柳根部,挖一条深深的巷子,用架子把火药放进去,人伏得远远的,将长长的药捻点燃。深远的寂静之后,只听轰的一声,再幽深的树怪也尸骸散地了。

我们风餐露宿。今年可以看到去年被掘走红柳的沙丘,好像眼球摘除术后的伤员,依然大睁着空洞的眼睑,怒向苍穹。但这触目惊心的景象不会持续太久,待到第三年,那沙丘已烟消云散,好像此地从来不曾生存过什么千年古木、不曾堆聚过亿万颗沙砾。

听最近到过阿里的人讲,红柳林早已掘净烧光,连根须都烟消灰灭了。

有时深夜,我会突然想起那些高原上的"原住民",它们的魂魄，如今栖息在何处云端？会想到那些曾经被固住的黄沙，是否已飘洒在世界各处？从屋子顶上扬起的尘沙，常常会飞得十分遥远。

带上灵魂去旅行

人的知识永远是不完备的,他无法知道一个地区或是一个时代是否就是空间和时间的全部。从这个意义上讲,我们每个人都是井底之蛙,所不同的只是栖息的这口井的直径大小而已。每个人也都是可怜的夏虫,不可语冰。于是,我们天生需要旅行。生为夏虫是我们的宿命,但不是我们的过错。在夏虫短暂的生涯中,我们可以和命运做一个商量,尽可能地把这口井掘得口径大一些,把时间和地理的尺度拉得伸展一些。就算最终不可能看到冰,夏虫也力所能及地面对无瑕的水和渐渐刺骨的秋风,想象一下冰的透明清澈与痛彻心扉的寒冻。

旅行,首先是一场体能的马拉松,你需要提前做很多准备。依我片面的经验,旅行的要紧物件有三种。

第一,当然是时间。人们常常以为旅行最重要的前提是钱,于是就把攒钱当成旅行的先决条件。其实,没有钱或是只有少量的钱,也可以旅行。关于这一点,只要你耐心搜集,就会找到很多省钱的秘诀。如果把一个人比作一辆车,驱动我们前行的汽油,并不是金钱，而是时间。这个道理极其简单，你的时间消耗完了，你任何事都干不成了，还奢谈什么呢？或者说，那时的旅行只有一个方向，就是地心了。

  第二桩物件，是放下忧愁。忧愁是旅行的致命杀手，人无远虑，乃可出行。忧愁是有分量的，一两忧愁可以化作万只秤砣，绊得你跌跌撞撞鼻青脸肿。最常见的忧愁来自这样的思维：把这笔旅游的钱省下来可以买多少斤米多少篓菜，过多长时间丰衣足食的家常日子。将满足口腹之欲的时间当作计量单位，是曾经有用现在却不必坚守的习惯。很多中国人一遇到新奇又需要破费的事，马上把它折算成米面开销，用粮食做万变不离其宗的度量衡。积谷防饥本是美德，可什么事都提到危及生命安全的高度来考虑，活着就成了负担。谁若一意孤行去旅行，就咒你将来基本的生存都要打折，食不果腹、衣不蔽体、流落街头……别怪我说得凄惶，如果你打算做一次比较破费的旅行，你一定会听到这一类的谆谆告诫。迅即地把诸事折合成大米的计算公式，来自温饱没有满足的农耕时代遗留下来的精神创伤。如果你一定要把所有的钱都攒起来用于防患于未然，这是你的自由，别人无法干涉。可你要明白，身体的生理机能满足之后，就不必一味地再纠结于脏腑。总是由着身体自言自语地说那些饥饱的事，你就灭掉了自己去看世界的可能性，一辈子只能在肚子画出的半径中度过。这样的人生，在温饱还没有解决的往昔，是不得已而为之，甚至可能成为能优先活下来的王牌。在今天，就有时过境迁、过于迂腐之感了。

第三桩，是活在身体的此时此刻。此话怎讲？当下身体不错，就可以出发，抬腿走就是，不必终日琢磨以后心力衰竭的呕血和罹患癌症的剧痛。我琢磨着自己还有能力挣出些许以后治病的费用，我相信国家的社会保障机制会越来越好。我捏捏自己的胳膊腿，觉得它们尚能禁得住摔打，目前爬高走低、风餐露宿不在话下。若我以后真是得了多少万人民币也医不好的重症，从容赴死就是了，临死前想想自己身手矫健耳聪目明时，也曾有过一番随心所欲的游历，奄奄一息时的情绪，也许是自豪。

我是渐渐老迈的汽车，油料所剩已然不多。我要精打细算，小心翼翼地驱动它赶路。生命本是宇宙中的一朵微薄的睡莲，终有偃旗息鼓闭合的那一天。在这之前，我一定要抓紧时间，去看看这四野无序的大地，去会一会英辈们留下的伟绩和废墟。

终于决定迈开脚步了。很多人有个习惯，出远门之前，先拿出纸笔，把自己要带的东西都一一列出。旅游秘籍中，传授这种清单的俯拾皆是。到寒带，你要带上皮手套、雪地靴；到热带，你要带上防晒霜、太阳镜、驱蚊油。就算是不寒不热的福地，你也要带上手电筒、黄连素，加上使领馆的电话号码……

所有这些，都十分必要。可有一样东西，无论你到哪里，都不可须臾离开，那就是——你可记得带上自己的灵魂？

据说古老的印第安人有个习惯，当他们的身体移动得太快的时候，会停下脚步，安营扎寨，耐心等待自己的灵魂前来追赶。有人说是三天一停，有人说是七天一停，总之，人不能一味地走下去，要驻扎在行程的空隙中，和灵魂会合。灵魂似乎是个身负重担或是手脚不利落的弱者，慢吞吞地经常掉队。你走得快了，它就跟不上趟。我觉得此说法最有意义的部分，是证明在旅行中，我们的身体和灵魂是不同步的，是分离分裂的。而一次绝佳的旅行，自然是身体和灵魂高度协调一致，生死相依。

好的旅行应该如同呼吸一样自然，旅行的本质是学习，而学习是人类的本能。身为医生，我知道人一生必得不断地学习。我不当医生了，这个习惯却如同得过天花，在心中留下斑驳的痕迹。旅行让我知道在我之前活过的那些人，他们可曾想到过什么、做过什么。旅行也让我知道，在我没有降生的那些岁月，大自然盛大的恩典和严酷的惩罚。旅行中我知道了人不可以骄傲，天地何其寂寥，峰峦何其高耸，海洋何其阔大。旅行中我也知晓了死亡原不必悲伤，因为你其实并没有消失，只不过以另外的方式循环往复。

凡此种种，都不是单纯的身体移动就能解决问题的，只能留给旅行中的灵魂来做完功课。出发时，悄声提醒，背囊里务必记得安放下你的灵魂。它轻到没有一丝重量，也不占一寸地方，但重要性远胜过 GPS。饥饿时是你的面包，危机时助你涉险过关。你欢歌笑语时，它也无声扮出欢颜；你捶胸顿足时，它也滴泪悲愤……灵魂就算不能像烛火一样照耀着我们的行程，起码也要同甘共苦地跟在后面，不离不弃，不能干三天停一天地磨洋工。否则，我们就是一具飘飘荡荡的躯壳在蹒跚而行，敲一敲，发出空洞的回音，仿佛千年前枯萎的胡杨。

翅膀上驮着天堂亲人的期望

昨日从四川回来,在飞机上与同行的心理医生杨霞说:"到了北京后,第一个愿望是拿出一天时间,一句话也不说。只因这两天说的话太多,舌头已像撬杠一样僵直。"

和家里人可以不说话,但博客的文字还是要写。人们关注着灾区,会急切地询问每一个到过那里的人——灾区怎么样了?衣食住行可有保障?孩子们可有欢颜?山川可太平?大地可安稳?

大地并不安稳,时有余震发生。看报道,自5月12日汶川大地震发生后,当地可以监测到的余震,已有9000多次。我们一向以为是最坚固最牢不可破的土地,却发生了可怕的崩裂与崩塌,这对于人们赖以生存的安全感的摧毁,已到了无以复加的地步。

从北京机场出发,我们一共有35件行李。主要是书籍和奥运福娃的挂件,都是送给北川中学孩子们的礼物。书是协和医科大学杨霞副研究员所撰写的《重建心灵家园》,副标题叫作"震后心理自助手册",从书的名字你就可以知晓内容,对当前的灾后心理康复是多么及时并富有建设性。8万多字的书稿，杨霞医生用了3天时间，夜以继日地工作，并完全是义写，不取分文稿费，令人感动。石油工业出版社的编辑们在第一时间编辑出版，立下了汗马功劳。奥运福娃挂件，是北京石油附中的师生们精心挑选的。最让人安心的是——所有的书籍和福娃，都是按照2000人份准备的，北川中学现有1700多名学生，按人头分，每位老师和每个同学都有一份。我从小就特别害怕数量有限的礼物，发放时刻，有的人有，有的人没有。虽然我因为学习好，每次都会得到礼物，但我忘不了没有收到礼物的孩子的忧郁。我觉得太少的礼物，还不如没有呢。不然，令分配的人惆怅，对得不到礼物的孩子们来说，很容易引起自卑感。现在能充分供应满足大家最好，皆大欢喜。

2000本书，2000个福娃挂件，你可以想见它们的体积和重量。在办理登机牌的柜台前，女服务员说超重了几百千克，如果按照规定罚款，大约需要7000元。我们赶紧解释，说这是送给灾区小朋友的心意，希望能够放行。红十字会办事人员说需要向机场领导请示，要不然，7000块钱呢，比他一个月的工资还多。请示的结果是免费放行，大家松了一口气，拿着长长一溜行李牌，觉得很气派。

驶往绵阳方向的车并不是很多，所有的车上，几乎都悬挂着

"××省支援"的字样。你真的可以体会到一方有难八方支援的深情,感受到国家大了的好处。

在夜晚进入绵阳,周围是黑暗寂静的。车窗玻璃突然被水雾弥漫。原以为下雨了,细看才知道是戴着口罩的工作人员站在远处,用喷枪向车身喷洒药水。每一辆车都要在此沐浴一番,然后无毒一身轻地驶入这座聚焦着无数人目光的城市。

路旁的居民楼几乎没有灯光。我问司机,人呢?当地同志告知,绵阳为了预防唐家山堰塞湖的水患,已经按照第一方案撤离了20万人。还有一些人到外地投亲靠友去了,留下的人,也不敢在楼房内居住,连续多少天了,都夜宿帐篷。楼内没有人,也没有光亮。

微明的路灯映照着壮观的帐篷阵。援建的蓝色帐篷,迷彩图案的草绿色军用帐篷,属于帐篷中的贵族,它们有款有型有窗户,算帐篷群里的豪华别墅。其余的帐篷五花八门,有用条纹布搭建的,有用床单简单遮挡的,有的干脆就是一块搭在绳子上的布头……相当于帐篷中的游击队,各自为政。我第二天大清早在街上走,拍下了一张照片,是墙头外的两块石头。你能猜出这是干什么用的吗?这是坠帐篷用的。在大墙那边,有一顶小小的帐篷需要它固定。

从北京出发的时候,已经考虑到了灾区的艰苦,做好了住帐篷的准备，带了方便面和矿泉水，心想不要给灾区人民添麻烦。不想到了安排住处的时候，才知道要住楼房。我们一个劲地说，我们可以住帐篷，完全不怕艰苦。后来才知道，帐篷在灾区是紧俏物资，相比楼房要安全一些。当然了，同志们是一片好意，房间比露宿野外要舒适一些。

分配我住6楼，一出楼梯，天花板断裂的豁口，暴露出犬牙交错的管道。旁边房屋的门框已经变形，裸露的水泥框架在暗淡的灯光下，有几分冰冷。接待同志忙着解释，说房屋震后评测，只是接缝处局部扭曲，不算危房之列。

大家互相交流防震经验，说要在洗手间、承重墙等小开间的地方，放置饮用水和巧克力，万一遭遇垮塌，还可以坚持几天。临睡前，我把方便面放在了卫生间，心想"方便"二字，用在此处，实在一箭双雕相得益彰。

不知道是不是精神紧张，还是我的平衡器官特别敏感，总觉得楼体时不时有轻微的抖动。躺了一会儿，未曾睡着，有点焦虑。因为明天要给北川中学的同学们讲课，若是一夜失眠，无精打采地站在讲台上，岂不辜负了信任？

我有择床的坏毛病，换了新地方，刚开始几天，常辗转反侧。平日萎靡也就罢了，但明天事关重大，必得精神抖擞。我拿出安眠药，一边倒水一边开玩笑地想，吃还是不吃，这是一个问题啊。

不吃，明天满面苍灰神色委顿，令同学们不爽。吃了，若是睡得太沉了，对余震毫无察觉，一觉醒来，也许已在瓦砾中探头探脑。

思谋的结果是一仰脖，吞下安眠药。

一夜安睡。早上起来，阳光灿烂。6点多钟，到绵阳的街头转悠。

很多大卡车，满载物资，停靠在路边。拍下一张照片，证明全国人民心系灾区。

看到街道十分清洁，有些诧异。本以为这里人心惶惶，未必有人顾得上洒扫街道这等平安日子里才注重的事。沿着没有任何纸屑和烟蒂的洁净路面走过去，看到了几位晨起打扫街道的女工。

我说："也许唐家山溃坝，绵阳到处都被淹了。你们为什么还要打扫呢？"

她们都是非常淳厚的人，互相看了看说："从地震以后，我们每天都在扫，一天也没有停过。要是淹了，就没法子打扫了。水退了，还要打扫。"

话朴实到这种地步，简直没有办法再问了。不管发生了怎样天崩地裂的事情，只要活着，就踏踏实实地完成自己的本分，这就是中国人的传承。我问："可以和你们照一张相吗？"

她们有些羞涩，说："当然能照啦。"于是急忙排在一起，我们等到了一个路人，请他为我们拍照，一位女工突然惊呼起来，说："我还拿着扫把呢，不好看啊。"想放下。我说："拿着吧，好看得很啊。"

我看到一处帐篷门口,蹲着一位大汉正在揉眼睛,想必昨夜不曾睡好。一问,得知是山东临沂来支援的志愿者,专门为灾区搭建活动房。我问:"住在帐篷里,有没有蚊子?"

他说:"多着呢。最怕的不是蚊子,是下雨。"

我说:"是不是帐篷漏水啊?"

他说:"主要是我们搭建的活动房进度慢了。"

惭愧。我说的是自家的宿舍,人家说的是灾民的住处。

临分手时,我说:"我能给你照张相吗?"

他想了想,很坚决地摇头:"不能。"

我祖籍山东,觉得家乡大汉性格直爽,敢做敢当的,不知天下还有"害怕"二字,未曾想遭他拒绝。可能是看我不解,他说:"主要是我跟家里人都说这里挺好的,住的吃的都不用他们发愁,要是知道我这里的实际情况,家里要担心的。"

心细如丝。

北川中学负责接待我们的是蹇书记,羌族。他唯一的女儿在这次地震中遇难,他说,女儿身高一米七,遇难的那一天,还得了一个全国奥林匹克英语的三等奖。蹇书记坚持在抗震救灾的第一线,胸前别着"共产党员"的徽章,照料着全校孩子们的生活学习。旁边走过一个女生,蹇书记说,她就是我女儿班上的。我看到了蹇书记眼中的泪光。是啊,同是一样的孩子,这一个还在阳光下微笑,那一个已经是天人永隔。这样的严酷,怎不叫人肝肠寸断!另有一位老师,孩子和妻子都在地震中遇难。他说:"两个人,哪怕是留下一个也好啊,让我也好有个伴,有个盼头。现在,什么都没有了……"

在这样撕心裂肺的苦难面前,所有的言语都异常苍白。

我不知道说些什么。在为孩子们分发福娃的时候,我留下了一个绿色的妮妮。在所有的福娃中,我特别喜欢这一个,觉得她是个喜眉乐眼的女孩,翠绿得如同雨后清秀挺拔的嫩竹。我找到蹇书记,悄声对他说:"这个福娃,请送给你的女儿吧。"我想,在蹇书记的家中(如果把合住的帐篷也称作家),一定有一处洁净的地方,静息着一个如花女孩难舍难分的精灵。她的同学们今天都得到了一个福娃,她也应该有一个啊。

记得北川中学的一位被截肢的女孩说过:"请你们不要称我的那些死去的同学是——没有来得及开放的花蕾,就已经凋落了。不,他们不是凋落,他们已经盛放过了。"

我被这句话深深打动,它充满了一种只有经历过死亡的人,才会有的练达和超拔,尽管那个女孩子只有12岁。是的,生命的价值从来不是以长短来衡量的。那些远去的少年,将他们辉煌的笑靥留给我们,在岁月的尘埃中灿烂千秋。

上午 10 点。

轮到我演讲了,正确地说,是上一堂特殊的语文课。

很紧张,因为从来没正儿八经地当过语文老师,因为面对的是经历过山摇地动的孩子们,因为孩子们的聪慧和早熟,也因为文章内容在此情此景此地讲解,有点文不对题。

那篇散文叫作《提醒幸福》,被选入了全国初中二年级的语文课本。北川中学邀我这个作者讲讲自己的文章,说孩子们看到课文中的作者突然现身,饶有兴趣。

教室里大约有 60 个座位,坐满了初中二年级一班的学生(因各班都有伤亡,就把几个班合并了。现在是新的班级,满员上课)。还有一些高年级的孩子,曾学过这一课,也赶来听讲。加上站在教室后面的孩子,共约 100 名学生。老师对我说,本来有更多的孩子要来听课,但临时校址没有大礼堂,况且现在非常时期,为了出现大的余震时能够快速疏散,不能组织大规模的聚会。如果是在操场上,倒是没有生命危险,但天气炎热,怕孩子们中暑……

我怕自己讲得不对,误导了孩子们,私下里觉得来的学生越少越好,免得我讲错了,前脚走了,后脚害得正规的语文老师来纠偏,给人家添麻烦。

我悄声问蹇书记,讲课之前,要不要默哀。蹇书记说:"孩子们经常默哀,每一回都会哭泣。这一次,就不必了吧。"

我站在黑板前面,开始了讲解。

在这片浸透了鲜血和眼泪的满目疮痍的土地上,宣讲幸福。面对着死去了父母死去了同学死去了老师的孩子们,宣讲幸福。从讲台上望下去,孩子们乌溜溜的眼珠,好像秋夜里的星辰,单纯明朗,却掩不住冷霜的寒凉。

我觉得自己根本没有资格和他们谈论幸福。

可是我必须讲下去。

那就从头说起吧。我讲:"我为什么萌生出写这样一篇文章的动机呢?是因为大约20年前,我看到过一篇报道,说的是国外的一家报纸,面向民众征集'谁是最幸福的人'的答案。回信纷至沓来,报社组织了一个各方人士汇成的班子,来评选谁是最幸福的人……"

讲到这里,我稍稍提高了声音,问道:"大家说说,那谁是最幸福的人呢?"

我的本意是说,当年的报纸会征得怎样的答案?由于我不是训练有素的语文老师,这个问题,口气太开放了一些,也没有强调时间地域的前提。孩子们以为我的问题是:现在谁是世界上最幸福的人?

他们几乎异口同声地回答:"我们!"

那一刻,我真真是怀疑自己的耳朵。后来,我把这一幕讲给别人听,听到答案的成人们也会充满疑惑地说:"地震惨祸之后的孩子们居然说自己是最幸福的人?别是事先老师教好这样说的吧?"

我要非常郑重地宣布,那些孩子绝对是非常真诚地这样认为的,没有任何人事先授意他们。这不但是不可能的,而且是完全没有必要的。再说了,我毕竟做过很长一段时间的临床心理医生,一个人说的是否是真心话,我还是有一点辨识力的。

劫后余生的孩子们,如此质朴地诠释了幸福。他们说,我们还活着,这就是幸福。我们还能上课,比起我们死去的同学们,这就是幸福。全国人民这样帮助我们渡过难关,这就是幸福。我们的翅膀上驮着天堂亲人们的希望,我们要高高飞翔,这就是幸福……

他们一个个地站起来发言,略带川音的普通话,稚嫩而温暖。我能做的唯一的事,就是控制住自己的泪水。

惊骇莫名!感动至深!钦佩不已!激动万分!

我的手提电话响了。真是非常抱歉的事情,我忘了关手机。我对同学们说:"对不起,我马上关机。"就在我预备关机的瞬间,我听到电话提示音,说是有国外的电话。儿子在阿拉伯海上的游轮中,这正是他的号码。于是,我对同学们说:"我儿子打来的电话,我很想接一下。"我看看表,已经上了40分钟的课了，同学们也需要上厕所，就此宣布：现在休息，10分钟以后继续上课。

儿子芦森告知我，和平之船的引擎坏了一个，船速大为下降，原定赶到阿曼萨拉拉港的时间，推迟一天。船方正在紧急调运引擎，希望能够在下一个港口修复。此刻，阿拉伯海上洋流复杂，波浪滔天，船上到处都悬挂着呕吐袋，供人们随时使用，船员在紧张地检查救生艇。芦森问："你好吗？"

我说："很好。你要多多注意安全啊。"

其实，我知道这话等于没说。有些时候，人能做的只有镇定。作为中国第一批"环球游"的旅客，征途上也是波谲云诡。

10分钟后，开始上第二节课。

将课文讲完之后，还有一点时间。我为刚才的接电话，向同学们致了歉。我又说："我原本是在环球游的，知道四川地震了，就从那条船上下来，把和平之船为你们捐的善款送回了北京。"我说，"在浩瀚的太平洋上，各国游客曾经为地震死难的中国人民默哀，我亲见他们的泪水潸然而下……"我还说，"我今天告诉你们这些，并不是说他们捐赠了多少钱要你们记住，钱并不是最重要的。重要的是，你们并不孤立。除了有祖国大家庭的人在关怀着你们，全世界爱好和平的仁慈的人，也在关怀着你们。全世界都期望你们茁壮成长……"

说到这里，我突然想到一个问题，很想听听孩子们的意见。

我对北川中学的100名学生说："我现在有一个问题，想征求你们的看法。你们的意见，将极大地影响我的决定。这个问题就是——我是返回到游轮上继续我的环球游，还是留下来和你们在一起？"

我以为孩子们要考虑很久，没想到他们马上异口同声地回答道："您去环球游！"

我说："难道没有不同意见吗？"

一个男孩子站起来说："我希望您留下来。"

我说，两方面都请谈谈自己的看法。

一方说，我们一定能战胜地震灾难，我们一定会取得胜利！您到船上去吧，您代表我们，带上我们的眼睛去看看世界吧。然后把世界远方发生的事情告诉我们。等我们长大了，也到全世界去看看！

主张我不去的男生说："毕老师，您看到了北川中学，看到这里已经复课，很多人在关怀着我们。但是，我的家在深山里，那里的震情也很严重，那里的孩子们还没法上学，他们需要帮助。尽您的力量帮助他们吧。"

我频频点头。最后我说："可否举手表决一下，我想知道两种看法各占多少比例？"

孩子们踊跃表态。大约97%的同学主张我去上船，3%的同学建议我留下来。一直在台下坐着目不转睛听我讲课的语文老师，也高高举起手臂，加入赞同我上船的那一方（我对这位老师的认真听课，深表感谢。要知道，人家是正规部队，我是杂牌军啊）。

下课了。我拿起板擦，预备擦掉我写下的"提醒幸福"几个字（顺便说一句，北川中学使用的粉笔质量不佳，易断，色泽不白。如果谁到北川中学去，记得带上一些质量较好的粉笔，这样后排的同学们看起黑板的时候，可以省些眼力）。直到这时，我才注意到在黑板的左侧，有一个用粉笔框起来的长方形框子。老师对我说，这块黑板，就是温总理为我们北川中学写下"多难兴邦"四个字的地方。

谢谢北川中学所给予我的深厚信任！谢谢初中二年级一班的同学们给我的难忘教诲！谢谢苦难让我更深地眷恋祖国和人民！

北川中学的临时校舍设在长虹集团的培训中心，大约20名学生住一间帐篷，孩子们的精神面貌不错，除了看书，就是玩游戏。我拍了一张孩子们玩弹球跳棋的照片。问他们最希望做的事，回答是上课。

开饭的时间到了，伙食比较丰富，有四五个荤素搭配的菜。孩子们拿着统一配给的不锈钢餐盘，排队打饭。长虹集团全都是免费供给。

感谢善举。

在为长虹集团员工所做的演讲中,我看到大家非常疲惫。是啊,大地震发生后的第一时间,长虹就组织抢险救援队,开赴北川。白天开足马力研发新产品,努力工作,多少个夜晚,他们从未安眠。

我说:"长虹的兄弟姐妹们,咱们在开始之前,先闭上眼睛,放松身体,听我的引导,深深地吐出一口气……"

可大多数人都不听我指挥,他们抱歉地笑笑,依旧双目圆睁,警觉甚高。

我略一思索,明白他们实在无法放松自己的神经。这是一个人群高度聚集的场所,若是出现了危急情况,闭着眼睛,如何敏捷逃生?

我说:"兄弟姐妹们,请放心。我会始终睁着眼睛。如果发生了余震,我会在第一时间唤醒大家。我向你们保证,我绝不会第一个跑出去,我一定让你们先走……"

大家会意地轻轻笑起来,安静地闭上了眼睛,放松了身体,减慢了呼吸。

我是个普通人,我害怕地震。但是,我站在讲台上,我就成了老师。我不会放下我的学生,我不能先跑。人活在世上,总有一些东西比一己的生命更重要。有些人不信,我信。

如果我不事先做准备,我也许无法控制我的本能。我想过了，我做了决定，我就能指挥我的身体，我就能战胜本能。

和我相拥而泣的女孩叫姚瑶，她是长虹集团的职工。2008年5月12日14时28分，万顷山石将她的双亲掩埋，从那一分钟起，她无时无刻不在呼唤亲爱的爸爸妈妈，但天上地下，永无回音。

我知道她面前还有漫长的道路要走，她将步步啼血，万千悲苦。唯一令人安慰的是——姚瑶能谈到自己有十个优点，其中第一个优点是——我很坚强。

国殇之后，唯有坚强。我想把北川中学孩子们的话转送给姚瑶——翅膀上驮着天堂亲人的希望，你要高高飞翔。

卷二

风不能把阳光打败

我很重要

当我说出"我很重要"这句话的时候,颈项后面掠过一阵战栗。我知道这是把自己的额头裸露在弓箭之下了,心灵极容易被别人的批判洞穿伤害。许多年来,没有人敢在光天化日之下表示自己"很重要"。我们从小受到的教育都是——"我不重要"。

作为一名普通士兵,与辉煌的胜利相比,我不重要。

作为一个单薄的个体,与浑厚的集体相比,我不重要。

作为一位奉献型的女性,与整个家庭相比,我不重要。

作为随处可见的人的一分子,与宝贵的物质相比,我们不重要。

我们——简明扼要地说,就是每一个单独的"我"——到底重要还是不重要?

我是由无数星辰日月、草木山川的精华汇聚而成的。只要计算一下我们一生吃进去多少谷物,饮下了多少清水,才凝聚成一具精致的躯体,我们一定会为那数字的庞大而惊讶。平日里,我们尚要珍惜一粒米、一叶菜,难道可以对亿万粒菽粟、亿万滴甘露濡养出的万物之灵，掉以轻心吗？

当我在博物馆里看到北京猿人窄小的额和前凸的吻时，我为人类原始时期的粗糙而黯然。他们精心打制出的石器，用今天的目光来看不过是极简单的玩具。如今很幼小的孩童，就能熟练地操纵语言，我们才意识到已经在进化之路上前进了多远。我们的头颅就是一部历史，无数祖先进步的痕迹储存于脑海深处。我们是一株亿万年苍老树干上最新萌发的绿叶，不单属于自身，更属于土地。人类的精神之火，是连绵不断的链条，作为精致的一环，我们否认了自身的重要，就是推卸了一种神圣的承诺。

回溯我们诞生的过程，两组生命基因的嵌合，更是充满了人所不能把握的偶然性。我们每一个个体，都是机遇的产物。

一种令人怅然以至走入恐惧的想象，像雾霭一般不可避免地缓缓升起，模糊了我们的来路和去处，令人不得不断然打住思绪。

我们的生命，端坐于概率垒就的金字塔的顶端。面对大自然的鬼斧神工，我们还有权利和资格说"我不重要"吗？

对于我们的父母，我们永远是不可重复的孤本。无论他们有多少儿女，我们都是独特的一个。

假如我不存在了，他们就空留一份慈爱，在风中蛛丝般飘荡。

假如我生了病,他们的心就会皱缩成石块,无数次向上苍祈祷我的康复,甚至愿灾痛以十倍的烈度降临于他们自身,以换取我的平安。

我的每一滴成功,都如同经过放大镜,进入他们的瞳孔,摄入他们心底。

假如我们先他们而去,他们的白发会从日出垂到日暮,他们的泪水会使太平洋为之涨潮。面对这无法承载的亲情,我们还敢说"我不重要"吗?

我们的记忆,同自己的伴侣紧密地缠绕在一处,像两种混淆于一碟的颜色,已无法分开。你原先是黄,我原先是蓝,我们共同的颜色是绿,绿得生机勃勃,绿得苍翠欲滴。失去了妻子的男人,胸口就缺少了生死攸关的肋骨,心房裸露着,随着每一阵轻风滴血。失去了丈夫的女人,就是齐崭崭折断的琴弦,每一根都在雨夜长久地自鸣……面对相濡以沫的同道,我们忍心说"我不重要"吗?

俯对我们的孩童,我们是至高至尊的唯一。我们是他们最初的宇宙,我们是深不可测的海洋。假如我们隐去,孩子就永失醇厚无双的血缘之爱,天倾东南,地陷西北,万劫不复。盘子破裂可以粘起,童年碎了,永不复原。伤口流血了,没有母亲的手为他包扎。面临抉择,没有父亲的智慧为他谋略……面对后代,我们有胆量说"我不重要"吗？

　　与朋友相处，多年的相知，使我们仅凭一个微蹙的眉头、一次睫毛的抖动，就可以明了对方的心情。假如我不在了，就像计算机丢失了一份不曾复制的文件，他的记忆库里留下不可填补的黑洞。夜深人静时，手指在揿了几个电话键码后，骤然停住，那一串数字再也用不着默诵了。逢年过节时，他写下一沓沓的贺卡。轮到我的地址时，他闭上眼睛……许久之后，他将一张没有地址只有姓名的贺卡填好，在无人的风口将它焚化。

　　相交多年的密友，就如同沙漠中的古陶，摔碎一件就少一件，再也找不到一模一样的成品。面对这般友情，我们还好意思说"我不重要"吗？

　　我很重要。

　　我对于我的工作我的事业，是不可或缺的主宰。我的独出心裁的创意，像鸽群一般在天空翱翔，只有我才捉得住它们的羽毛。我的设想像珍珠一般散落在海滩上，等待着我把它用金线穿起。我的意志向前延伸，直到地平线消失的远方……没有人能替代我，就像我不能替代别人。

　　我很重要。我对自己小声说。我还不习惯嘹亮地宣布这一主张，我们在不重要中生活得太久了。

　　我很重要。我重复了一遍。声音放大了一点。我听到自己的心脏在这种呼唤中猛烈地跳动。

我很重要。我终于大声地对世界这样宣布。片刻之后,我听到山岳和江海传来回声。

是的,我很重要。我们每一个人都应该有勇气这样说。我们的地位可能很卑微,我们的身份可能很渺小,但这丝毫不意味着我们不重要。

重要并不是伟大的同义词,它是心灵对生命的允诺。

人们常常从成就事业的角度,断定我们是否重要。但我要说,只要我们在时刻努力着,为光明在奋斗着,我们就是在无比重要地生活着。

让我们昂起头,对着我们这颗美丽的星球上的无数生灵,响亮地宣布——

我很重要。

自信第一课

1972年的一天,领导通知我速去乌鲁木齐报到,新疆军区军医学校在停顿若干年后,这一年第一次招生,只分给阿里军分区一个名额,首长经过研究讨论,决定让我去。

按理说,我听到这个消息应该喜出望外才是。且不说我能回到平地,吸足充分的氧气,让自己被紫外线晒成棕褐色的脸庞得到"休养生息",就是从学习的角度讲,"重男轻女"的部队能够把这样宝贵的唯一的名额分到我头上,也是天大的恩惠了。但是在记忆中,我似乎对此无动于衷,也许是雪山缺氧把大脑弄得迟钝了。我收拾起自己简单的行李,从雪山走下来,奔赴乌鲁木齐。

1969年,我从北京到西藏当兵,那种中心和边陲的、文明和旷野的、优裕和茹毛饮血的、高地和凹地的、温暖和酷寒的、五颜六色和纯白的……一系列剧烈反差让我的心发生了沧海桑田般的变化。面临死亡咫尺之遥,面对冰雪整整三年,我再也不是当初那个天真烂漫的城市女孩,内心已变得如同喜马拉雅山万古不化的寒冰般苍老。我不会为了什么突发事件和急剧的变革而大喜大悲，只会淡然承受。

入学后，从基础课讲起，用的是第二军医大学的教材，教员由本校的老师和新疆军区总医院临床各科的主任、新疆医学院的教授担任。记得有一次，考临床病例的诊断和分析，要学员提出相应的治疗方案。那是一个不复杂的病案，大致的病情是由病毒引起重度上呼吸道感染，病人发烧、流涕、咳嗽、血象低，还伴有一些阳性体征。我提出方案的时候，除了采用常规的治疗外，还加用了抗生素。

讲评的时候，执教的老先生说："凡是在治疗方案里使用了抗生素的同学都要扣分。因为这是一个病毒感染的病例，抗生素是无效的。如果使用了，一是浪费，二是造成抗药，三是无指征滥用，四是表明医生对自己的诊断不自信，一味追求保险系数……"老先生发了一通火，走了。

后来，我找到负责教务的老师，讲了课上的情况，对他说："我就是在方案中用了抗生素的学员。我认为那位老先生的讲评有不完全的地方，我觉得冤枉。"

教务老师说："讲评的老先生是新疆最著名的医院的内科主任，他的医术在整个新疆是首屈一指的。把这位老先生请来给你们讲课，校方已冒了很大的风险。他是权威，讲得很有道理。你有什么不服的呢？"

我说："我知道老先生很棒。但是具体问题要具体分析。他提出的这个病例并没有说出就诊所在的地理位置。比如要是在我的部队，在海拔5000米以上的高原，病员出现高烧等一系列症状，明知是病毒感染，一般的抗生素无效，我也要大剂量使用。因为高原气候恶劣，病员的抵抗力大幅度下降，很可能合并细菌感染。如果到了临床上出现明确的感染征象时才开始使用抗生素，那就晚了，来不及了，病员的生命已受到严重威胁……"

教务老师沉默不语。最后，他说："我可以把你的意见转告给老先生，但是，你的分数不能改。"

我说："分数并不重要。您听我讲完了看法，我已知足了。"

教室的门开了，校工闪了进来，搬进来一把木椅子摆在讲案旁，且侧放。我们知道，老先生又要来了。也许是年事已高，也许是习惯，总之，老先生讲课的时候是坐着的，而且要侧着坐，面孔永远不面向学生，只是对着有门或有窗的墙壁。不知道他这是积习，还是不屑于面对我们，或是有什么难言之隐。

这一次，老先生反常地站着。他满头白发，面容黢黑如铁，身板挺直如笔管，让我笃信了他曾是医官一说。

老先生目光如锥，直视大家，音量不大，但在江南口音中运了力道，话语中就有种清晰的硬度了。他说："听说有人对我的讲评有意见，好像是一个叫毕淑敏的同学。这位同学，你能不能站起来，让我这个当老师的也认识你一下？"

我只有站起来。

老先生很认真地看了我一眼，说："好。毕淑敏，我认识你了，你可以坐下了。"

说实话，那几秒钟真把我吓坏了。不过，有什么办法呢？说出的话就像注射到肌肉里的药水一样，是没办法抠出来的。

全班寂静无声。

老先生说："毕淑敏，谢谢你。你是好学生，你讲得很好。你的话里有一部分不是从我这儿学到的，因为我还没有来得及教给你那么多。是的，作为一个好的医生，一定不能全搬书本，一定不能教条，要根据具体的情况决定治疗方案。在这一点上，你们要记住，无论多么好的老师，也不可能把所有的规则都教给你们。我没有去过毕淑敏所在的那个海拔5000米高的阿里，但是我知道缺氧对人的影响。在那种情况下，她主张使用抗生素是完全正确的。我要把她的分数改过来……"

我听到教室里响起一阵轻微的欢呼。因为写了抗生素治疗的不仅我一个，很多同学都为这一改正而欢欣。

老先生紧接着说："但在全班，我只改毕淑敏一个人的分数。你们有人和她写的一样，还是要被扣分。因为你们没有说出她那番道理，是知其然而不知其所以然。你现在再找我说也不管事了，即使你是冤枉的也不能改。因为就算你原来想到了，但对上级医生的错误没敢指出来。对年轻的医生来说，忠诚于病情和病人，比忠实于导师要重要得多。必要的时候，你宁可得罪你的上司，也万万不能得罪你的病人……"

这席话掷地有声。事过这么多年，我仍旧能够清晰地记得老先生如锥的目光和舒缓但铿锵有力的语调。平心而论，他出的那道题目是要求给出在常规情形下的治疗方案，而我竟从某个特殊的地理环境出发，并苛求于他。对一个初出茅庐的年轻人的不够全面的异议，老先生表现出了虚怀若谷的气量和真正的医生应有的磊落品格。

真的，那个分数对我来说完全不重要，重要的是我在此番高屋建瓴的话语中悟察到了一个优等医生的拳拳之心。

我甚至有时想，班上同学应该很感激我的挑战才对。因为没过多长时间，老先生就因为身体的关系不再给我们讲课了。如果不是我无意中创造了这个机会，我和同学们的人生就会残缺一段非常宝贵的教诲。

我的三年习医生涯，在我的生命中是一个重大的转折。我从生理上洞察人体，也从精神上对自己有了更多的信任。我知道了我们的灵魂居住在怎样的一团组织之中，也知道了它们的寿命和局限。如果说在阿里的时候我对生命还是模模糊糊地敬畏，那么，老师的教诲使我确立了这样的观念：一生珍爱自身，并把他人的生命看得如珠似宝，全力保卫这宝贵而脆弱的珍品。

风不能把阳光打败

"但是"这个连词,好似把皮坎肩缀在一起的丝线,多用在一句话的后半截,表示转折。

比方说:你这次的考试成绩不错,但是——强中自有强中手。

比方说:这女孩身材不错,但是——皮肤黑了些。

不知"但是"这个词刚发明的时候,它前后意思的分量是否大致相当。也就是说,它只是一个单纯纽带,并不偏向谁。后来在长期的使用磨损中,悄悄变了。无论在它之前堆积了多少褒词,"但是"一出,便像洒了盐酸的污垢,优点就冒着泡没了踪影,记住的总是贬义,好似爬上高坡,没来得及喘匀口气,"但是"就不由分说地把你推下了谷底。

"但是"成了把人心捆成炸药包的细麻绳,成了马上有冷水泼面的前奏曲,让你把前面的温暖和光明淡忘。只有振作精神,迎击扑面而来的顿挫。

其实,所有的光明都有暗影,"但是"的本意,不过是强调事物立体。可惜日积月累的负面暗示,"但是"这个预报一出,就抹去了喜色，忽略了成绩，轻慢了进步，贬斥了攀升。

一位心理学家主张大家从此废弃"但是"，改用"同时"。

比如我们形容天气的时候，早先说：今天的太阳很好，但是风很大。

今后说：今天的太阳很好，同时风很大。

最初看这两句话的时候，好像没有多大差别。你不要着急，轻声地多念几遍，那分量和语气的韵味，就体会出来了。

"但是风很大"，会把人的注意力凝固在不利的因素上，觉着太阳好不是件值得高兴的事情，风大才是关键。借助了"但是"的威力，风把阳光打败。

"同时风很大"，它更中性和客观，前言余音袅袅，后语也言之凿凿，不偏不倚，公道而平整。它使我们的心神安定，目光精准，两侧都观察得到，头脑中自有安顿。

"但是"一词背后，潜藏着的是如何看待世界和自身的目光。

花和虫子，一并存在。我们的视线降落在哪里？

"但是"，是一副偏光镜，让我们把它对准虫子，把它的身子放得浓黑硕大。

"同时"，是一个透明的水晶球，均衡地透视整体，既看见虫子，也看见无数摇曳的鲜花。

尝试用"同时"代替"但是"吧。时间长了，你会发现自己多了勇气,因为情绪得到了保养和呵护。你会发现拥有了宽容和慈悲,因为更细致地发现了他人的优异。你能较为敏捷地从地上爬起,因为看到沟坎的同时,也看到了远方的灯火……

精神的三间小屋

面对那句——"人的心灵,应该比大地、海洋和天空都更为博大"的名言,自惭形秽。我们难以拥有那样雄浑的襟怀,不知累积至那种广袤,须如何积攒每一粒泥土、每一朵浪花、每一朵云霓。

甚至那句恨不能人人皆知的中国古话——"宰相肚里能撑船",也让我们在敬仰之余,不知所措。也许因为我们不过是小小的草民,即便怀有效仿的渴望,也终是可望而不可即,便以位卑宽宥了自己。

两句关于人的心灵的描述,不约而同地使用了空间的概念。人的肢体活动,需要空间。人的心灵活动,也需要空间。那容心之所,该有怎样的面积和布置?

人们常常说,安居才能乐业。如今的城里人一见面,就问,你是住两居室还是三居室啊?……哦,两居室窄巴点,三居室虽说也不富余,也算小康了。

身体活动的空间是可以计量的,心灵活动的疆域,是否也可有个基本达标的数值?

有一颗大心,才盛得下喜怒,输得出力量。于是,宜选月冷风清竹木萧萧之处,为自己的精神修建三间小屋。

第一间,盛着我们的爱和恨。

对父母的尊爱,对伴侣的情爱,对子女的疼爱,对朋友的关爱,对万物的慈爱,对生命的珍爱……对丑恶的仇恨,对污浊的厌烦,对虚伪的憎恶,对卑劣的蔑视……这些复杂而对立的情感,林林总总,会将这间小屋挤得满满,间不容发。你的一生,经历过的所有悲欢离合喜怒哀乐,仿佛以木石制作的古老乐器,铺陈在精神小屋的几案上,一任岁月飘逝。在某一个金戈铁马之夜,它们会无师自通,与天地呼应,铮铮作响。假若爱比恨多,小屋就光明温暖,像一座金色池塘,有红色的鲤鱼游弋,那是你的大福气。假如恨比爱多,小屋就阴风惨惨,厉鬼出没,你的精神悲戚压抑,形销骨立。如果想重温祥和,就得净手焚香,洒扫庭除,销毁你的精神垃圾,重塑你的精神天花板,让一束圣洁的阳光,从天窗洒入。

无论一生遭受多少困厄欺诈,请依然相信人类的光明大于暗影。哪怕是只多一个百分点呢,也是希望永恒在前。所以,在布置我们的精神空间时,给爱留下足够的容量。

第二间小屋,盛放我们的事业。

一个人从二十五岁开始做工，直到六十岁退休，他要在工作岗位上度过整整三十五年的时光。按一日工作八小时，一周工作五天，每年就要为你的职业付出两千个小时。倘若一直干到退休，那就是七万个小时。在这个庞大的数字面前，相信大多数人都会始于惊骇终于沉思。假如你所从事的工作，是你的爱好，这七万个小时，将是怎样快活和充满创意的时光！假如你不喜欢它，漫长的七万个小时，足以让花容磨损日月无光，每一天都如同穿着淋湿的衬衣，如芒在背。

我不晓得一下子就找对了行业的人，能占多大比例？从大多数人谈到工作时乏味麻木的表情推算，估计这样的幸运儿不多。不要小觑了事业对精神的濡养或反之的腐蚀作用，它以深远的力度和广度，挟持着我们的精神，以成为它麾下持久的人质。

适合你的事业，不靠天赐，主要靠自我寻找。这不但是因为相宜的事业，并非像雨后白桦林的菌子一样，俯拾即是，而且因为我们对自身的认识，也是抽丝剥笋，需要水落石出的流程。你很难预知，将在十八岁还是四十岁甚至更沧桑的时分，才真正触摸到倾心的爱好。当我们太年轻的时候，因为尚无法真正独立，受种种条件的制约，那附着在事业外壳上的金钱地位，或是其他显赫的光环，也许会灼晕了我们的眼睛。当我们有了足够的定力，将事业之外的赘生物一一剥除，露出它单纯可爱的本质时，可能已耗费半生。然费时弥久，精神的小屋，也定须住进你所爱好的事业。否则，鸠占鹊巢，李代桃僵，那屋内必是鸡飞狗跳，不得安宁。

我们的事业，是我们的田野。我们背负着它，播种着，耕耘着，收获着，欣喜地走向生命的远方。规划自己的事业生涯，使事业和人生，呈现缤纷和谐相得益彰的局面，是第二间精神小屋坚固优雅的要诀。

第三间，安放我们自身。

这好像是一个怪异的说法。我们自己的精神住所，不住着自己，又住着谁呢？

可它又确是我们常常犯下的重大失误——在我们的小屋里，住着所有我们认识的人，唯独没有我们自己。我们把自己的头脑，变成他人思想汽车驰骋的高速公路，却不给自己的思维，留下一条细细的羊肠小道。我们把自己的头脑，变成搜罗最新信息网络八面来风的集装箱，却不给自己的发现，留下一个小小的储藏盒。我们说出的话，无论声音多么嘹亮，都是别的喉咙嘟囔过的。我们发表的意见，无论多么周全，都是别的手指圈画过的。我们把世界万物保管得好好的，偏偏弄丢了开启自己的钥匙。在自己独居的房屋里，找不到自己曾经生存的证据。

如果真是那样，我们精神的小屋，不必等待地震和潮汐，在微风中就悄无声息地坍塌了。它纸糊的墙壁化为灰烬,白雪的顶棚变作泥泞,露水的地面成了沼泽,江米纸的窗棂破裂,露出惨淡而真实的世界。你的精神,孤独地在风雨中飘零。

三间小屋,说大不大,说小不小。非常世界,建立精神的栖息地,是智慧生灵的义务,每人都有如此的权利。我们可以不美丽,但我们健康。我们可以不伟大,但我们庄严。我们可以不完满,但我们努力。我们可以不永恒,但我们真诚。

当我们把自己的精神小屋建筑得美观结实、储物丰富之后,不妨扩大疆域,增修新舍。矗立我们的精神大厦,开拓我们的精神旷野。因为,精神的宇宙,是如此辽阔啊。

常读常新的《人鱼公主》

我在成年之后,还常常读童话。每当烦心的时候,从书架上随手扯出的书,必是童话。比如安徒生的《海的女儿》,我就读过多遍,它也被翻译成"人鱼公主"。比较起来,我更喜欢"人鱼公主"这个名字。海的女儿,好像太阔大太神圣了些。人鱼呢,就显得神秘而灵动,还有一点点怪异。

大约8岁的时候,第一次读到人鱼公主的故事。读完后泪流满面,抽噎得不能自已。觉得那么可爱和美丽的公主,居然变成了大海上的水泡,真是倒霉极了。从此在很长一段时间内,看到了湖面上河面上甚至脸盆里的水泡就有些发呆(那时没有机会见到大海,只有在这些小地方寄托自己的哀思),心中疑惑地想,这一个水泡,是不是善良的人鱼公主变成的呢?看到风把小水泡吹破,更是万分伤感。读的过程中,最焦急的并不是人鱼公主的爱情,而是最痛她的哑。认定她无法说出话来,是一生未能有好结局的最主要的根源。突发奇想,如果有一个高明的医生,拿出一剂神药,给人鱼公主吃下,以对抗女巫的魔法,事情就完全是另外的结局了。而且还想出补救的办法，觉得人鱼公主应该要求上学去，学会写字。就算她原来住在海底，和陆地上的国家用的文字不同，以她那样的聪慧，学会普通的表达，也该用不了多长时间吧？比如我自己，不过是个人类的普通孩子，学了一二年级，就可以看童话了，以人鱼公主的天分，应该很快就能用文字把自己的身世写给王子看，王子看到了，不就真相大白了吗？

大约18岁的时候，又一次比较认真地读了人鱼公主。也许是情窦初开，这一次很容易地就读出了爱情。哦，原来，人鱼公主是一篇讲爱情的童话啊。你看你看，她之所以能忍受那么惨烈的痛苦，是为了自己所爱的人。她忍受了非人的折磨，在刀尖样的甲板上跳舞，她是宁肯自己死，也不要让自己所爱的人死。这是一种多么无私和高尚的不求回报的爱啊！心里也在琢磨，那个王子真的可爱吗？

除了长得英俊，有一双大眼睛之外，好像看不出有什么太大的本领啊。游泳的技术也不怎么样，在风浪中要不是人鱼公主舍身相救，他定是溺水必死无疑的了。他也没啥特异功能，对自己的救命恩人一点精神方面的感应也没有，反倒让一个神殿里的女子，坐享其成。当然啦，那个女孩子不知道内情，也就不怪她。但王子怎么可以这样的糊涂呢？况且，人鱼公主看他的眼神，一定是含情脉脉，他怎么就一点"放电"的感觉也没有呢？好呆！心里一边替人鱼公主强烈地抱着不平，一边想，哼！倘若我是人鱼公主，一定要在脱掉鱼尾变出双脚之前，设几个小计谋，好好地考验一下王子，看他明不明白我的心。因为从鱼变成人这件事，是单向隧道，过去了就回不来的。

要把自己的一生托付出去，实在举足轻重。不过，真到了故事中所说的那种情况——由于王子的不知情，没有娶人鱼公主，公主的姊妹们从女巫那儿拿了尖刀，要人鱼公主把尖刀刺进王子的胸膛，让王子的鲜血溅到自己的双脚上，才能重新恢复鱼尾——局面可就难办了。思来想去，只有赞同人鱼公主对待爱情的方法，宁可自己痛楚，也要把幸福留给自己所爱的人……

到了28岁的时候，我已经做了妈妈。这时来读人鱼公主，竟深深地关切起人鱼公主的家人来了。她的母亲在生了6个女儿之后去世了，我猜这个女人临死之前，一定非常放心不下她的女儿，不论是最大的还是最小的。她一定是再三再四地交代给公主的祖母——老皇后，要照料好自己的孩子，特别是最小的女儿。

老皇后心疼隔辈人，不单在饮食起居方面无微不至地看顾孩子们，而且还给她们讲海面上人类的故事。可以说，老皇后一点也不保守，甚至是学识渊博呢。

当人鱼公主满15岁的时候，老皇后在她的尾巴上镶了8颗牡蛎，这是高贵身份的标志和郑重的成人典礼啊。当人鱼公主遇到了危难的时候，老皇后的一头白发都掉光了，她不顾年迈体弱，升到海面上，看望自己的孙女……

我强烈地感受到了这位老奶奶的慈悲心肠和对人鱼公主的精神哺育。人鱼公主的勇气和聪慧，包括无比善良的玲珑之心，都不是从天上掉下来的，诸多得益于她的祖母啊。

到了38岁的时候，因为我也开始写小说，读人鱼公主的时候，不由自主地探讨起安徒生的写作技巧来了。我有点纳闷，安徒生在写作之前，有没有一个详尽的提纲呢？我的结论是——大概没有。似乎能看到安徒生的某种随心所欲，信马由缰。

当然了，大的轮廓走向他是有的，这个缠绵悱恻一波三折既有血泪也有波折的故事，一定是在他的大脑里酝酿许久了。但是，连续读上几遍之后，感到结尾处好像有点画蛇添足。试想当安徒生很投入地写啊写，把这么好的一个故事快写完了，突然想起，咦，我这是给孩子们写的一个童话啊，怎么好像和孩子们没多少关系了？不行，我得把放开的思绪拉回来。他这样想着，就把一个担子，压到了孩子们的头上。他在故事里说：你喜欢人鱼公主吗？猜到小孩子一定说——喜欢。然后他接着说，人鱼公主变成了水泡，你难过吗？断定大家一定说——难过。那么好吧，安徒生顺理成章地说，人鱼公主变成的水泡，升到天空中去了，她在空中听到一个低低的声音告诉她，300年之后，她就可以为自己造一个不朽灵魂了。

300年，当然是一个很久很久的时间了。幸好还有补救的办法，那就是——如果人鱼公主在空中飞翔的时候，看到一个能让父母高兴的小孩子，那么她获得不朽灵魂的时间就会缩短。如果她看到一个顽皮又品行不好的孩子，就会伤心地落下泪来，这样，她受苦受难的时间就会延长……

我不知道安徒生是否得意这个结尾，反正，我有点迟疑。干吗把救赎工作，交到每一个读过人鱼公主的故事的小孩子身上啊？是不是太沉重了？

现在，我48岁了。[①] 为了写这篇文章，又读了几遍人鱼公主。这一次，我心平气和，仿佛天眼洞开，有了一番新的感悟。这是一篇写灵魂的故事。无论海底的世界怎样瑰丽丰饶，因为没有灵魂，所以人鱼公主毅然离开了自己的亲人。

她本来把希望寄托在一个爱她能胜过爱任何人的王子身上，那么王子就可以把自己的灵魂分给她，她就从王子手里得到了灵魂。为了这份与灵魂相关联的爱情，人鱼公主付出了自己所能付出的一切，她的勇敢、善良、舍身为人……都在命运燧石的敲打下，

---

① 作者于2000年写作本文。

大放异彩。但是，阴差阳错啊，她还是无法得到一个灵魂。

人鱼公主是顽强和坚定的，她选定了自己的道路就绝不回头，终于，她得到了自己铸造一个灵魂的机会。在一个接一个严峻的考验之后，在肉体和精神的磨砺煎熬之后，人鱼公主谁都不再依靠，紧紧依赖着自己的精神，踏上了寻找不朽灵魂的漫漫旅途。

这个悲壮而凄美地寻找灵魂的故事，是如此动人心弦，常读常新。有时想，当我58岁……68岁……108岁（但愿能够）的时候，不知又读出了怎样的深长？

提醒幸福

我们从小就习惯了在提醒中过日子。天气刚有一丝风吹草动,妈妈就说:"别忘了多穿衣服。"才结识了一个朋友,爸爸就说:"小心他是个骗子。"你取得了一点成功,还没容得乐出声来,所有关心你的人就一起说:"别骄傲!"你沉浸在欢乐中的时候,自己不停地对自己说:"千万不可太高兴,苦难也许马上就要降临……"我们已经习惯了在提醒中过日子,看得见的恐惧和看不见的恐惧始终像乌鸦盘旋在头顶。

在皓月当空的良宵,我们又会收到提醒:"注意风暴。"于是我们忽略了皎洁的月光,急急忙忙做好风暴来临前的一切准备。当我们大睁着眼睛枕戈待旦之时,风暴却像迟归的羊群,不知在哪里徘徊。当我们实在忍受不了等待灾难的煎熬时,我们甚至会祈盼风暴早些到来。

风暴终于姗姗地来了。我们怅然发现,所做的准备多半是没有用的。事先能够抵御的风险毕竟有限,世上无法预计的灾难却是无限的,战胜灾难靠的更多的是临门一脚,先前的惴惴不安帮不上忙。

当风暴的尾巴终于远去，我们守住家园，气还没有喘匀，新的提醒又响起来，我们又开始对未来充满恐惧和期待。

人生总是有灾难。其实大多数人早已练就了面对灾难的从容，我们只是还没有学会灾难间隙的快活。我们太注重让自己警觉苦难，我们太忽视提醒幸福。

请从此注意幸福！

幸福也需要提醒吗？

提醒注意跌倒……提醒注意路滑……提醒受骗上当……提醒宠辱不惊……先哲们提醒了我们一万零一次，却不提醒我们幸福。

也许他们认为幸福不提醒也跑不了的。也许他们以为好的东西你自会珍惜，犯不上谆谆告诫。也许他们太崇尚血与火，觉得幸福无足挂齿。他们总是站在危崖上，指点我们逃离未来的苦难。但避去苦难之后是什么？

那就是幸福啊！

享受幸福是需要学习的，当幸福即将来临的时刻需要提醒。人可以自然而然地学会感官的享乐，却无法天生掌握幸福的韵律。灵魂的快意同器官的舒适像一对孪生兄弟，时而相傍相依，时而貌合神离。

幸福是一种心灵的震颤。它像会倾听音乐的耳朵一样，需要不断地训练。

简言之，幸福就是没有痛苦的时刻。它出现的频率并不像我们想象的那样少。人们常常只是在幸福的金马车已经驶过去很远后，才捡起地上的金鬃毛说："原来我见过它。"

人们喜爱回味幸福的标本，却忽略幸福披着露水散发清香的时刻。那时候我们往往步履匆匆，瞻前顾后不知在忙着什么。

世上有预报台风的，有预报蝗虫的，有预报瘟疫的，有预报地震的，没有人预报幸福。其实幸福和世界万物一样，有它的征兆。

幸福常常是朦胧的，很有节制地向我们喷洒甘霖。你不要总希冀轰轰烈烈的幸福，它多半只是悄悄地扑面而来。你也不要企图把水龙头拧大，幸福会很快地流失，你须静静地以平和之心体验幸福的真谛。

幸福绝大多数是朴素的。它不会像信号弹似的在很高的天际闪烁红色的光芒，它披着本色外衣，温暖地包裹起我们。

幸福不喜欢喧嚣浮华，常常在暗淡中降临。贫困中相濡以沫的一块糕饼，患难中心心相印的一个眼神，父亲一次粗糙的抚摸，女友一张温馨的字条……这都是千金难买的幸福啊，像一粒粒缀在旧绸子上的红宝石熠熠夺目。

幸福有时会同我们开一个玩笑，乔装打扮而来。机遇、友情、成功、团圆……它们都酷似幸福，但它们并不等同于幸福。幸福会借了它们的衣裙袅袅婷婷而来,走得近了,揭去帏幔,才发觉它有钢铁般的内核。幸福有时会很短暂,不像苦难似的笼罩天空。如果把人生的苦难和幸福分置天平两端,苦难体积庞大,幸福可能只是一块小小的矿石,但指针一定要向幸福这一侧倾斜,因为它是生命的黄金。

幸福有梯形的切面,它可以扩大也可以缩小,就看你是否珍惜。

我们要提高对于幸福的敏感,当它到来的时刻,激情地享受每一分钟。据科学家研究,有意注意的结果比无意的要好得多。

当春天来临的时候,我们要对自己说:"这是春天啦!"心里就会泛起茸茸的绿意。

幸福的时候,我们要对自己说:"请记住这一刻!"幸福就会长久地伴随我们。

那我们岂不是拥有了更多的幸福?

所以,丰收的季节先不要去想可能的灾年,我们还有漫长的冬季来考虑这件事。我们要和朋友们跳舞唱歌,渲染喜悦。既然种子已经回报了汗水,我们就有权沉浸在幸福中。不要管以后的风霜雨雪,让我们先把麦子磨成面粉,烘一个香喷喷的面包。

所以,当我们从天涯海角相聚在一起的时候,请不要踌躇片刻后的别离。在今后漫长的岁月里,有无数孤寂的夜晚可以独自品尝愁绪。现在的每一分钟,都让它像纯净的酒精,燃烧成幸福的淡蓝色火焰,不留一丝渣滓。让我们一起举杯,说:"我们幸福。"

所以,当我们守候在年迈的父母膝下时,哪怕他们鬓发苍苍,哪怕他们垂垂老矣,你都要有勇气对自己说:"我很幸福。"因为天地无常,总有一天你会失去他们,会无限追悔此刻的时光。

幸福并不与财富、地位、声望、婚姻同步,这只是你心灵的感觉。

所以,当我们一无所有的时候,我们也能够说:"我很幸福。"因为我们还有健康的身体。当我们不再享有健康的时候,那些最勇敢的人依然可以微笑着说:"我很幸福,因为我还有一颗健康的心。"甚至当我们连心也不再存在的时候,那些人类最优秀的分子仍旧可以对宇宙大声说:"我很幸福,因为我曾经生活过。"

常常提醒自己注意幸福,就像在寒冷的日子里经常看看太阳,心就不知不觉暖洋洋、亮光光。

我的五样

老师出了题目——写下"你生命中最宝贵的五样东西",我拿着笔,面对一张白纸,周围一下静寂无声。万物好似缩微成超市货架上的物品,平铺直叙摆在那里,等待你用手去挑选。货筐是那样小而致密,世上的林林总总,只有五样可以塞入。

也许是当过医生的缘故,片刻的斟酌之后,我本能地挥笔写下:空气、水、太阳……

这当然是不错的。你不可能设想在一个没有空气和水的星球上,滋长出如此斑斓多彩的生命。但我很快发现自己陷入了困境——如果继续按照医学的逻辑推下去,马上就该写下心脏和气管,它们对于生命之泵也是绝不可缺的零件。结果呢,我的小筐子立马就装满了,五项指标,额度用尽。想想那答案的雏形将是:我生命中最宝贵的东西——空气、水、阳光、气管、心脏……啊哈!充满了科普意味。

如此写下去,恐有弊病。测验的功能,是辅导我们分辨出什么是自我生命中最重要的因子,以至面临人生的重大选择和丧失时，会比较镇定从容，妥帖地排出轻重缓急。而我的答案，抽象粗放，大而化之，缺乏甄别和实用性。

改弦易辙。我决定在水、空气和阳光三要素之后，写下对我个人更为独特和生死攸关的因子。

于是，第四样——鲜花。

真有些不好意思啊。挂着露滴的鲜花，那样娇弱纤巧，似乎和庄严的题目开了一个玩笑。但我真是如此挚爱它们，觉得它们美轮美奂，不可或缺。绚烂的有刺的鲜花，象征着生活的美好和无可回避的艰难，愿有一束火红的玫瑰，伴我到天涯。

写下鲜花之后，仅剩一样挑选的余地了。刹那间，无数声音充斥耳鼓，聒噪地申述着自己的不可替代性，想在最后一分钟，挤进我珍贵的小筐。

偷着觑了一眼同学们的答案，不禁有些惶然。

有人写下："父母。"我顿觉自己的不孝。是啊，对我的生命来说，父母难道不是极为宝贵的因素吗？且不说没有他们哪来的我，单是一想到他们会先我而去，等待我的是生离死别，永无相见，心就极快地冰冷成坨。

有人写下："孩子。"我惴惴不安，甚至觉得自己负罪在身。那个幼小的生命，与我血脉相连。我怎能在关键的时刻，将他遗漏？

有人写下:"爱人。"我便更惭愧了。说真的,在刚才的抉择过程中,几乎将他忘了。或许因为潜意识里,认为在未曾识得他之前,我的生命就已存许久。我们也曾有约,无论谁先走,剩下的那人都要一如既往地好好活着。既然当初不是同月同日生,将来也难得同月同日死,彼此已商定不是生命的必需,未进提名,也有几分理由吧?

正不知将手中的孤球抛向何处,老师一句话救了我。她说,这生命中最宝贵的东西,不必从逻辑上思索推敲是否成立,只需是你情感上的真爱即可。

凝神再想。

略一顿挫之后,拟写"电脑"。因为基本上已不用笔写作,电脑便成了我密不可分的工作伴侣。落笔之际我凝思,电脑在此处,并不只是单纯的工具,当是一种象征,代表我挚爱的劳动和神圣的职责。很快又联想到电脑所受制约较多,比如停电或是病毒入侵,都会让我无所依傍。唯有朴素的笔,虽原始简陋,却可朝夕相伴,风雨兼程。

于是洁白的纸上,记下了我生命中最宝贵的五样东西——水、阳光、空气、鲜花和笔(未按笔画为序,排名不分先后)。

同学们嘻嘻笑着,彼此交换答案。一看之后,却都不作声了。我吃惊地发现,每人的物件,万千气象,绝不雷同,有些简直让人瞠目结舌。比如某男士的"足球",某女士的"巧克力",在我就大不以为然。但老师再三提示,不要以自己的观点去衡量他人,于是不露声色。

接下来,老师说,好吧,每个人在你写下的五样当中,划去相对不那么重要的一样,只剩下四样。

权衡之后,我在五样中的"鲜花"一栏旁边,打了一个小小的"×",表示在无奈的选择当中,将最先放弃清丽芬芳的它。

老师走过来看到了,说,不能只是在一旁做个小记号,放弃就意味着彻底地割舍。你必得用笔把它全部涂掉。

依法办了,将笔尖重重刺下。当鲜花被墨笔腰斩的那一刻,顿觉四周惨失颜色,犹如20世纪初叶的黑白默片。我拢拢头发咬咬牙,对自己说,与剩下的四样相比,带有奢侈和浪漫情调的鲜花,在重要性上毕竟逊了一筹,舍就舍了吧。虽然花香不再,所幸生命大致完整。

请在剩下的四类当中,再剔去一种,仅剩三样。老师的声音很平和,却带有一种不容商榷的断然压力。

我面对自己的纸,犯了难。阳光、水、空气和笔……删掉哪样是好?思忖片刻,提笔把"水"划去了。从医学知识上讲,没有了空气,人只能苟延残喘几分钟,没有了水,在若干小时内尚可坚持。两害相权取其轻吧。

也许女人真是水做的骨肉，"水"一被勾销，立觉喉咙苦涩，舌头肿痛，心也随之焦躁成灰，人好似成了金字塔里的木乃伊。

我已经约略猜到了老师的程序，便有隐隐的痛楚弥漫开来。不断丧失的恐惧，化作乌云大兵压境。痛苦的抉择似一条苦难巷道，弯弯曲曲伸向远方。

果然，老师说，继续划去一样，只剩两样。

这时教室内变得很寂静，好似荒凉的墓冢。每个人都在冥思苦想举棋不定。我已顾不得探查他人的答案，面对着自己人生的白纸，愁肠百结。

笔、阳光、空气……何去何从？

闭起眼睛一跺脚，我把"空气"划去了。

刹那间好像有一双阴冷的鹰爪，丝丝入扣地扼住我的鲠嗓咽喉。手指发麻，眼冒金星，心擂如鼓，气息屏窒……

我曾在海拔五千多米的冰山上攀缘绝壁，缺氧的滋味撕心裂肺。无论谁隔绝了空气，生命便飘然而逝。一切只能成为哲学意义上的讨论。

好了，现在再划去一样，只剩下最后一样。老师的音调很温和，但执着坚定，充满决绝。对已是万般无奈之中的我们，此语一出，不啻惊雷。

教室内已经有轻轻的哭泣声。人啊，面临丧失，多么软弱苦楚。

即使只是一种模拟，已使人肝肠寸断。

笔和阳光。它们在纸上势不两立地注视着我，陷我于深重的两难。

留下太阳吧——心灵深处在反复呼唤。妩媚温暖，明亮洁净，天地一派光明。玫瑰花会重新开放，空气和水将濡养而出，百禽鸣唱，欢歌笑语。曾经失去的一切，都会在不知不觉当中悄然归来。纵使除了阳光什么也没有，也可以在沙滩上直直地卧晒太阳啊。

想到这里，心的每一个角落，都金光灿灿起来。

只是，我在哪里？在干什么？

我看到自己孤独的身影，在海边寂寞的椰子树下拉长缩短，百无聊赖，孤独地看日出日落，听潮涨潮消。

那生命的存在，于我还有怎样的意义？！我执着地扬起头来问天。

天无语。

自问至此，水落石出。我慢而稳定地拿起笔，将纸上的"阳光"划掉了。

偌大一张纸，在反复勾勒的斑驳墨迹中，只残存下来一个固守的字——笔。

这种充满痛苦和抉择的测验，像一个渐渐缩窄的闸孔，将激越的水流凝聚成最后的能量，冲刷着我们纷繁的取向。当那通道变得一夫当关、万夫莫开之时，生命的重中之重，就简洁而挺拔地凸立了。

感谢这一过程，让我清晰地得知什么是我生命中的真爱——就是我手中的这支笔啊。它噗噗跳动着，击打着我的掌心，犹如我的另一颗心脏，推动我的一腔热血、四肢百骸。突然发现周围万籁无声。

人们在清醒地选择之后，明白了自己意志的支点，便像婴儿一般，单纯而明朗地宁静了。

我细心地收起这张白纸，一如珍藏一张既定的船票。知道了航向和终点，剩下的就是帆起桨落战胜风暴的努力了。

读书使人优美

优美在字典上的意思是：美好。

做一个美好的人，我相信是绝大多数人的心愿。除了心灵的美好，外表也需美好。为了这份美好，人们使出了万千手段。比如刀兵相见的整容，比如涂脂抹粉的化妆。为了抚平脸上的皱纹，竟然发明了用肉毒杆菌的毒素在眉眼间注射，让我这个曾经当过医生的人，胆战心惊。

其实，有一个最简单的美容之法，却被人们忽视，那就是读书啊！

读书的时候，人是专注的。因为你在聆听一些高贵的灵魂自言自语，会不由自主地谦逊和聚精会神。即使是读闲书，看到妙处，也会忍不住拍案叫绝……长久的读书可以使人养成恭敬的习惯，知道这个世界上可以为师的人太多了。在生活中也会沿袭洗耳倾听的姿态，而倾听，是让人神采倍添的绝好方式。所有的人都渴望被重视，而每一个生命也都不应被忽视。你重视了他人，魅力就降临在你的双眸了。

读书的时候，常常会会心一笑，那些智慧和精彩，那些英明与穿透，让我们在惊叹的同时抬页展颜。微笑是最好的敷粉和装点，微笑可以传达比所有的语言更丰富的善意与温暖。有人觉得微笑很困难，以为是一个如何掌控面容的技术性问题，其实不然。不会笑的人，我总疑心是因为书读得不够广博和投入。

书是一座快乐的富矿，储存了大量的浓缩的欢愉因子，当你静夜抚卷的时候，那些因子如同香氛蒸腾，迷住了你的双眼，你眉飞色舞，中了蛊似的笑了起来，独享其乐。也许有人说，我读书的时候，时有哭泣呢！哭，其实也是一种广义的微笑，因为灵魂在这一个瞬间舒展，尽情宣泄。告诉你一个小秘密：我大半生中的快乐累加一处，都抵不过我在书中得到的欢愉多。而这种欣悦，是多么简便和利于储存啊，物美价廉重复使用，且永不磨损。

读书让我们知道了天地间的很多奥秘，而且知道还有更多奥秘不曾被人揭露，我们就不敢用目空一切的眼神睥睨天下。你在书籍里看到了无休无止的时间流淌，就不敢奢侈，不敢口出狂言。自知是一切美好的基石。当你把他人的聪慧加上你自己的理解，恰如其分地轻轻说出的时候，你的红唇就比涂抹的任何美丽色彩，都更加光艳夺目。

你想变得美好吗？你就读书吧。不需要花费很多的金钱，但要花费很多的时间。坚持下去，持之以恒，优美就像五月的花环，某一天飘然而至，簇拥你颈间。

优点零

一位做儿童心理研究的朋友告诉我,他发给孩子们一张表,让每人填写自己的优缺点和美好的愿望。孩子们很认真地填好了,把表交上来,他一看,登时傻了眼。

很多孩子填的是——优点零,愿望零。

我对世上是否存在没有优点的成人,不敢妄说。但我确知世上绝无没有优点的孩子。我或许相信世上有丧失愿望的老人,但我无法想象没有愿望的孩子将有怎样枯萎的眼神。

不知道愿望和优点,这两样对人激励重大的要素假若排出丧失的顺序,该孰先孰后?是因为丧失了愿望,百无聊赖,才随之沉沦,成为没有优点的少年;还是一个孩子首先被剥夺了所有的优点,心如死灰,之后再也不敢奢谈一丝愿望?也许它们如同绞在一起的铅丝,分不出谁更冰冷?

没有愿望,必是一个死寂的世界。孩子不再期望黎明,因为每一天都被功课塞满,晴天看不到太阳,阴天见不到雪花,日出日落又有何不同。不再留意鲜花,因为世界一片苍白,眼中温暖的色彩变得暗淡。不再珍视夜晚，因为厚重的眼镜遮挡了星光，即使抬头也是睡眼蒙眬。不再盼望得到师长的嘉奖，因为那不过是成人裹了蜜糖的手段……

　　没有优点的孩子，内心该怎样痛楚。见过一个胖胖的男孩，当幼儿园老师第一次问："谁觉得自己是个美男子？"他忙不迭地从最后一排挤到前面，表示自己属于其中一员。可惜他紧赶慢赶，动作还是晚了一点，另外有好几个男孩抢在前面，在老师面前自豪地排成一排。没想到老师伶牙俐齿地向他们说："还真有你们这么不知天高地厚的，竟觉得自己是美男子，臊不臊啊？"后来，那几个男孩子开始为自己的容貌羞涩，无法像以前那样快活。

　　这是一个简单的例子，但也可说明一点问题。每一个渐渐长大的孩子，如果成人爱他，他也会认为自己是可爱的。他会感觉到自己是天地间的一个宝贝，他的生命的存在就是一个大优点。假若成人粗暴地打击他、奚落他、嘲讽他、鞭挞他，那脆弱的小生灵就会被利剪截断双翅，从此萎靡下来，或许跌落尘埃一蹶不振。

　　看不到自身优点的人，也必看不到他人的优点。他们的谦恭，可能是高度自卑下的懦弱。他们的服从，可能掩饰着深深的妒忌和反叛。他们的忍让，可能埋藏着刻毒的怨恨。他们的赞美，可能表里不一、信口雌黄……

　　我以为愿望是人生强大的动力，假若人类丧失愿望，世界就在那一瞬停止了前进的引擎。因为有跑的愿望，人们有了汽车；因为有说话的愿望，人们有了电话；因为有飞的愿望，人们有了卫星；因为有传递和交换的愿望，人们有了互联网……

　　优点和愿望，是孩子们的双腿。希望有一天看到他们填写的表格上这样写着——优点多多，愿望无限。

写给胆小的朋友们

订阅《文艺学习》的青年朋友们,大约多是些文学爱好者,早在心里做着一个文学的梦。其中胆大的,一定已将这梦付诸实施,便大可不必看我这篇拙劣的文章了,我是写给胆小的朋友们的。因为我也是一个胆子很小的文学爱好者。

海明威的一句话,吓得我多年不敢萌动写作的念头。

记得在书上看到,海明威对他的儿子说:文学这种才能,大约几百万人当中才有一个。

几百万分之一!我自知是没有这种才能的。我的职业是医生。除了医学以外,我没有读过那些应该读的政治、历史、哲学,以及文艺理论书籍。就连中外文学名著,涉猎过的也很有限,看时也是凭兴趣、图热闹,并不明白其中起承转合的奥妙。有时竟连主人公和作者的名字也搞错了。以致常常不敢和别人在一起谈论小说,怕人家以为我在吹牛,其实并不曾看过这书。

这样的水平,还能写小说么?

于是,我每日优哉游哉地过着日子,既没有紧迫感,也没有责任感，满足于做个好医生。如果不是生活中出现的插曲，也许我至今不会提起笔来。

1983年，北京电大招收中文专业自学视听生。我去工作站给我爱人报名，不知出自什么动机，竟给自己也报了个名。也许是因为报名费很便宜吧。报过之后，也就淡忘了。工作忙听不成课，辅导课更没法去，连书都买不上，于是我爱人宣布他不考了。

"你也别考了。你已经有了一张大专的医学文凭，考这劳什子干吗？"我觉得他说的是实情，但临考试那天，我还是独自去了。我想看一看文科大学的试卷是怎样的。

成绩出来了。还不错，都是八十多分。我就一路考了下去，在不到两年的时间里，学完了半脱产学员三年制的课程，且门门优良。

电大毕了业，我却还是那副糊糊涂涂的样子，对于文坛上纷纷攘攘的派别，常常搞不清它们的区别，对于那些象征的、荒诞的、神秘的，以及五颜六色的幽默，有时候干脆一点也看不懂。为防露怯，我索性闭口不言。

但毕竟还是有了一点变化。我依旧崇拜海明威，却不再总想着他的话。人应该自信。

我打算试一试了。

写什么呢？

"写你最熟悉的人和事。"

几乎所有的教科书和作家都这样说。

我是个很听话的学生。我静静地回想了一下自己的经历。

我自幼生长在北京。1969年入伍后被分到昆仑山上的一个部队，1980年转业回来后在一家工厂医务室。我的青年时代是在那遥远的昆仑山上度过的，多少年过去了，我的思绪还常常飞往那里。陆游有两句诗："夜阑卧听风吹雨，铁马冰河入梦来。"很符合我的心境。我看过一些描写西部边陲部队生活的作品，令我感动，令我赞赏，但掩卷之余，又生出淡淡的惆怅。它们与我心中那座雄伟奇丽的高山，总不那么相符，像一架尚未调到极佳状态的电视机，有几丝别扭，几丝重影……

这怪不得作者，只该怪我自己。每个人都有自己特定的波长和频道。

我试着写了一座我心中的昆仑山。这就是《昆仑殇》。

现在距离那个发生于20世纪70年代第一个冬天的故事，已经相当遥远了。但那场我亲身经历过的艰苦跋涉，许多细节竟恍如昨日。岁月滤掉了许多应该遗忘的东西，只剩下一种如同昆仑山一样悲壮的感情笼罩着我。

昆仑山是中华民族的发源地之一，在古老的神话中，它是汉民族祖先黄帝的故居。

《山海经》中记载，昆仑山山巅有巍峨庄严的宫殿和无数奇花异草。

　　其实昆仑山上是一片极为荒凉的雪原和冰峰，但我们的战士日复一日年复一年地守卫在那里，用自己的胸膛和臂膀修筑起血肉的边防线。在动乱的年月，他们付出了更为惨痛的代价，也迸发出更为灿烂的精神火花。

　　我不知手中的拙笔，可否传达出这心中的愿望。

　　写罢《昆仑殇》，开始写《送你一条红地毯》。我不知道按照时下的分类，它属于哪一类题材，但我的主观意愿，是想描写改革所带来的变化。

　　作为工厂中的一分子，我觉得改革像春末夏初的阳光一样，一天比一天灼热地普照着每一个人。它远不像某些小说中描写的那样，形成壁垒分明的两派，好像两个司令部之战，简单明了，剑拔弩张，而是要深沉复杂得多。改革涉及了各个领域，不同地位的人，对它有着千差万别的反应。他们可以在这个问题上，满腔热情地拥护改革，却又在另一个问题上，持观望、彷徨甚至反对的态度。但历史要进步的趋势是任何人所阻挡不了的。改革多艰难，它已经从表层简单的人事更迭等形式，深入到人的心态、传统观念以及道德标准等更深的层次了。我力图为改革年代的人们，留下一幅小小的写生。以我现在的功力，这是有些不自量力的。况且离生活太贴近，缺乏时间这层天然的滤纸，文章便多火气，少深沉。这一次，我是明知如此，还是鼓起勇气去写了。

小说写完了。应该找个地方把它投出去。文艺界我们举目无亲，反正投往哪儿都是一样的。

"找个三流刊物吧！"爱人对我说。他自然是好意，认为这样成功率可能稍高一些。

"不！我要投往全国第一流的杂志。"我态度之坚决勇敢，令我爱人大吃一惊。

"肯定是退稿，为什么不听听更高明的编辑部的意见！"

"原来是这样，色厉而内荏！"我们相视一笑。

因为《昆仑殇》写的是军事题材，我们商定投往《昆仑》。从借来的杂志封底抄上地址，我封好信袋，准备送了去。临出门时，我又心虚起来："你帮我去送吧。"

"为什么呢？"爱人不解地问我，"人家又不会把你给吃了！"

是的，编辑部不是老虎，纵是退稿，也不会当场掷还给我。但我还是没有勇气走进那座陌生的殿堂。

感谢我爱人，他放下手边正准备考试的功课，将稿件送往《昆仑》。感谢编辑部的海波同志，他把一个素昧平生的业余作者的来稿，第二天就看完了，写信约我去谈。

事情就这样开始了。

《昆仑殇》和《送你一条红地毯》在《昆仑》1987年第四、第五期接连以头题刊出。许多认识和不认识的朋友好奇地问我："你是否认识编辑？"

我可以理解他们的心情。任何一个打算写点什么又希望见诸铅字的人，提笔之际大概都会想到这个问题。也许有的竟因此怨天尤人或退缩了回去，也说不定。前来采访我的记者同志并没有问我这件事，但我要求他一定写上："在投稿之前，我不认识《昆仑》编辑部的任何一位同志。"

这并不是想为自己做什么宣传，而是有感而发。编辑同志高度的责任心、对一个初学者真诚的帮助，使我获益匪浅。但只要说"有认识人"，编辑的心血便被淹没在世俗的冰水之中，是极不公正的。

我这段经历，对胆小的朋友们，但愿能略微有所帮助，增强起信心，相信自己的劳动，也相信别人的劳动。这世界上固然有黑影，但更多的是光明。作品写出来以后，有些作者将它比作自己的孩子或干脆称之为众人的孩子。我却更觉得它们像是与我相处过一段时间的朋友。它们已离我远去，无论毁誉，都是盖棺论定，与我没多大的关系了。我要做的，只是吸取经验教训，去重新考察、重新认识、重新结交新的朋友。我自然是希望多一些好朋友，少一些坏朋友。但天下的事，恐未必尽从人愿。

我允许自己犯错误，也允许自己改正错误。胆小的朋友们，你们应该看得出，我的胆子已经变得大了一点。

现在的我，也依然是懵懵懂懂的，有许多书要看，有许多东西要学。但有一点，我是明白了——在文学这扇地狱之门前面，是需要胆量的。

写作，是勇敢者的事业。

对这座祭坛，需要贡献上全部的精力、体力、时间以至生命。还有更重要的——直面惨淡人生的勇气和严于解剖自己的魄力。

我不知道自己有没有坚持到底的决心。

朋友们，让我们一起试一试吧！

常常爱惜

拾起一穗遗落在秋天原野上的麦芒时，我们心中会涌起一种情感……

当水龙头正酝酿着滴落一颗椭圆形的水珠，一只手紧紧拧住闸门时，我们心中会涌起一种情感……

当凝望宝蓝的天空因为浓雾而浑浑噩噩时，我们心中会涌起一种情感……

当注视到一个正义的人无力捍卫自己的尊严，孤苦无助的时候，我们心中会涌起一种情感……

人类将这种痛而波动的感觉命名为——爱惜。

我们读这两个字的时候，通常要放低了声音，徐徐地从肺腑最柔软的孔腔吐出，怕惊碎了这薄而透明的温情。

爱惜的大前提是爱。爱是人类一种最珍贵的体验，它发源于深刻的本能和绵绵的眷恋。爱先于任何其他情感，轻轻沁入婴儿小而玲珑的心灵。爱那给予生命的母亲，爱那清冷的空气和滑润的乳汁，爱温暖的太阳和柔和的抚爱，爱飞舞的光影和若隐若现的乐声……

爱惜的土壤是喜欢。当我们喜欢某种东西的时候，就希冀它的长久和广大，忧郁它的衰减和短暂。当我们对喜爱之物怀有难以把握的忧虑时，吝啬是一个常会首选的对策。我们会俭省珍贵的资源，我们会珍爱不可重复的时光，我们会制造机会以期重享愉悦，我们会细水长流反复咀嚼快乐。

于是，爱惜就在不知不觉中发生了。

当我们爱惜的时候，保护的勇气和奋斗的果敢也同时滋生，真爱，需用生命护卫，真爱，就会义无反顾。没有保护的爱惜，是一朵无蕊的鲜花，可以艳丽，却断无果实。没有爱惜保护，是粗粝和逼人的威迫，是强权而不是心心相印。

爱惜常常发生。在我们不经意的时候，打湿眼帘。

爱惜好比一只竹篮。随着人生的进步，它越编越大了，盛着人自身，盛着绿色，盛着地球上所有的物种，盛着天空和海洋。

卷三

种下一棵亲情树

孝心无价

听一位研究古文字的教授讲,"孝"这个字在甲骨文里的写法,是一个少年人牵着一位老人的手,慢慢地在走。"孝"字从右上到左下那长长的一撇,便是老人飘荡的胡须……

不知这说法是否为史学家定论,是否无懈可击,但它以一种恒远的温馨,包含着淡淡的苦楚沉淀我心,感到一种人类对自身生命的感怀,一种更为年轻的个体对即将逝去的年华无微不至的关照与挽留。

"孝"是东方文化灿烂的遗产,但在我们这个国度里,身份却很有几分可疑。和它们比肩的"忠"的地位,则要光辉伟大得多。国家、民族、政党、军队……都是需要"忠"的,而在"忠孝不能两全"这句话的阴影下,"孝"好像成了"忠"的对立面,冰炭不相容。

和忠比起来,孝的范围似乎比较窄。前者面对的是众人,后者大约只包含自己的家人。回顾中国的近代史,国家民族奋战的艰难历程,在浸透血与火的车辙里,难得有"孝"的位置。先驱的革命者，从域外窃得种子，带回到这块苦难的大地。他们是有知识的年轻人，之所以曾受到良好的教育享有文化，多半和富裕的家境不可分，但他们义无反顾地向父辈的剥削阵营开火了。在黑暗的日子里，他们一定经历了心灵的分裂与决斗，最终决定背叛自己的阶级。于是在漫长的革命生涯中，他们缄口，不再谈"孝"。

参加革命的穷苦人，投了红军，当了八路，上了战场……他们走了，永不回头，但他们的父母留在饥寒交迫之中，饱受欺凌压迫，许多人被敌人残酷地杀害了。革命者不会后悔自己的选择，只有战斗才有胜利，这是唯一正确的道路。但我相信生者的每年中秋，仰望圆圆的明月，低下头都会黯然神伤。尽管有无数的理由，尽管责任完全不在个人，但在潜意识里，他们永不为自己辩解，苛刻地认定自己不孝。于是，他们也拒不谈"孝"。新中国成长起来的这一代人，在他们风华正茂的时候，开始了"文化大革命"。几乎每一个人都向自己的父母造过反。在青春勃发期关心国家大事的同时，意外地从家里找到了火山的爆发口，以自己的父母为第一目标，那时曾多么兴高采烈，遗下的却是永久的悔恨。待到狂潮退去，知识青年上山下乡，凄凉地告别父母，远赴边陲，有的是身不由己的流放感，再没了丝毫选择的余地。即使有谁想到了"父母在，不远游"，在那样的日子里，几乎相当于一句反动口号了。

后来他们返城。没有地方住,龟缩在父母的小屋,给已经年迈的父母更添一份烦乱。不要说尽孝了,还要垂垂老矣的父母为自家操心不已。薪水低少,需要父母补贴。没有房子住,和父母挤在一起。无人做饭,父母就是当然的炊事员。孩子无人照管,父母就是最好的保姆……多少次悄悄接过父母接济的银钱,理智上惭愧,手心却跃跃欲试地潮湿。太多的贫困,吞噬掉了儿女的自尊心,如果我们注定得接受馈赠,还是接受来自父母的施舍吧。在我们的内心深处,尚潜伏着一个善良坚定的愿望,爸爸妈妈,终有一天,一切都会好起来。我会将你们付给我的爱,加倍地偿还,让我们一道期待那一天吧。

现在天下太平,人间和睦,世道安宁,人们可以大胆地言孝了。"孝"里当然有糟粕,有可笑以至可恨的迂腐气息,但其合理的内核却值得我们长久咀嚼。

我不喜欢一个苦孩求学的故事。家庭十分困难,父亲逝去,弟妹嗷嗷待哺,可他大学毕业后,还要坚持读研究生,母亲只有去卖血……我以为那是一个自私的学子。求学的路很漫长,一生一世的事业,何必太在意几年蹉跎?况且这时间的分分秒秒都苦涩无比,需用母亲的鲜血灌溉!一个连母亲都无法挚爱的人,还能指望他会爱谁?把自己的利益放在至高无上的位置的人,怎能成为为人类献身的大师?

我也不喜欢父母重病在床，断然离去的游子，无论你有多少理由。地球离了谁都照样转动，不必将个人的力量夸大到不可思议的程度。在一位老人行将就木的时候，将他对人世间最后的希冀斩断，以绝望之心在寂寞中远行，那是对生命的大不敬。

我相信每一个赤诚忠厚的孩子，都曾在心底向父母许下"孝"的宏愿，相信来日方长，相信水到渠成，相信自己必有功成名就衣锦还乡的那一天，可以从容尽孝。

可惜人们忘了，忘了时间的残酷，忘了人生的短暂，忘了世上有永远无法报答的恩情，忘了生命本身有不堪一击的脆弱。

父母走了，带着对我们深深的挂念。父母走了，遗留给我们永远无法偿还的心债。你就永远无以言孝。

有一些事情，当我们年轻的时候，无法懂得。当我们懂得的时候，已不再年轻。世上有些东西可以弥补，有些东西永远无法弥补。

"孝"是稍纵即逝的眷恋，"孝"是无法重现的幸福。"孝"是一失足成千古恨的往事，"孝"是生命与生命交接处的链条，一旦断裂，永远无法连接。

赶快为你的父母尽一份孝心。也许是一处豪宅，也许是一片砖瓦。也许是大洋彼岸的一只鸿雁，也许是近在咫尺的一个口信。也许是一顶纯黑的博士帽，也许是作业本上的一个红五分。也许是一桌山珍海味，也许是一只野果、一朵小花。也许是花团锦簇的盛世华衣，也许是一双洁净的旧鞋。也许是数以亿万计的金钱，也许只是含着体温的一枚硬币……

在"孝"的天平上，它们等值。

只是，天下的儿女们，一定要抓紧啊！趁你父母健在的光阴。

儿子的创意

儿子在家里乱翻我的杂志。突然说:"我准备到日本旅游一次。"因为他经常异想天开,我置之不理。

他说:"咦,您为什么不表态?难道不觉得我很勇敢吗?"

我说:"是啊是啊,很勇敢。可世上有些事并不单是勇敢就够用。比如这件事吧,还得有钱。"

他很郑重地说:"这上面写着,将举办一个有关宗教博物馆建筑的创意征文比赛。金牌获得者,免费到日本观光旅游。"说着,把一本海外刊物递给我。

我看也不看地说:"关于宗教,你懂得多少?关于建筑,你懂得多少?金牌银牌历来都只有一块,多么激烈的争夺。你还是好好做功课吧。"

他毫不气馁地说:"可是我有创意啊。比如这个博物馆里可以点燃藏香,给人一种浓郁的宗教气氛。比如这个博物馆里可以卖斋饭,让参观的人色香味立体地感受宗教。比如这个博物馆里可以播放佛教音乐,您从少林寺带回的药师菩萨曲,听的时候就让人感到很宁静。比如……"

我打断他说:"别比如了,像你这样布置起来,我想起了旧社会的天桥。人家征的是建筑创意,要像悉尼歌剧院一样,有独特的风格。我记得你小时候连积木都搭不好,还奢谈什么建筑!"

十几岁的儿子好脾气,不理睬我的挖苦。自语道:"在地面挖一个巨大的深坑,就要 100 米吧,然后把这个博物馆盖在底下……"

我说:"噢,那不成了地下宫殿?"

儿子不理我,遐想着说:"博物馆和大地粗糙的岩石泥土间要留有空隙,再用透明的建筑材料砌成外墙,这样参观的人们时时刻刻会感到土地的存在,产生一种神秘感。从底下向阳光明媚的地面攀升,会有人的自豪感。地面部分设计成螺旋状的飞梯,象征着人类将向宇宙探索……"他在空中比画了一个上大下小的图形。

我不客气地打断他:"挖到地下那么深的地方,会有矿泉水涌出来,积成一个火山口样的湖泊。你想过没有?再说什么样的建筑材料,可以长久地保持你所要求的透明度?还有你设计的飞梯,空中的螺旋状,多么危险!反正我是不敢上这种喇叭形梯子的。还有……"

儿子摆摆手说:"妈妈,您说的问题都是问题。不过那是工程师们需要解决的问题，不关我的创意。妈妈，您知道什么是创意吗？那就是最富于创造性的意见啊。"

我叹了一口气说："好了，随你瞎想好了。不过我要提醒你一句，对一个学生来说，我以为最好的创意莫过于一个好成绩了。"

儿子在电脑上完成了他的创意。付邮之前，我说："可以让我看看你的完成稿吗？"

他翻了我一眼说："您是评委吗？"

我只好一笑了之。

很长时间过去了，在我们几乎将这事淡忘的时候，儿子收到了一个写着他的名字并称他为"先生"的大信封。

他看了一眼地址，是那家征文发起部门寄来的。儿子对我说："妈妈，猜猜信里有什么？"

我说："一封感谢信。所有的投稿者都会得到的回答。"

儿子说："我猜是一张飞往东京的机票。"

我们拆开信，里面是一张请柬，邀请儿子到海外参加发奖仪式。

儿子苦恼地说："现在赶去也来不及了。再说他们也没说清我是不是获奖者。"

我说："还不死心啊？邀请你参加发奖，已是天大的面子。我想，这同我们这儿的电视剧友情出演一样，烘托气氛，以壮声威。

是助兴之举。"

儿子思忖着说:"妈,您说这发奖会不会像奥斯卡奖一样,给所有可能获奖的人都发请柬,到时候再突然宣布谁是真正的得主?"

我说:"一个建筑奖恐怕不会像电影奖那样张扬。别想那么多了,重要的在于你已参与。"

儿子皱起眉头说:"参与固然重要,得奖也很重要。"

我说:"对于你现在最重要的是做作业。"

当我们把这件事完全忘记的时候,接到了征文举办部门的第二封信。

信中说,我的儿子没能去参加那天隆重的发奖仪式,他们深感遗憾。儿子得了创意银牌奖,奖牌及奖金他们设法转来。

儿子放学回来,还没摘书包,我就把信给他。

他看了一眼,然后淡淡地说:"银牌啊?算了,给他个银牌吧。"

我瞠目结舌。停了一会儿才问他:"你为什么这么想到日本去呢?"

他立时来了精神,兴致勃勃地说:"日本的游戏机最好玩了,我去了就可以买一台回来玩啊。"

孩子，我为什么打你

有一天与朋友聊天，我说，就是在"文化大革命"中当红卫兵，我也没打过人。我还说，我这一辈子，从没打过人。

你突然插嘴说：妈妈，你经常打一个人，那就是我……

那一瞬屋里很静很静。那一天我继续同客人谈了很多的话，但所有的话都心不在焉。孩子，你那固执的一问，仿佛爬山虎无数细小的卷须，攀满我的整个心灵。

面对你纯正无瑕的眼睛，我要承认：在这个世界上，我只打过一个人。不是偶然，而是经常，不是轻描淡写，而是刻骨铭心。这个人就是你。

在你最小最小的时候，我不曾打你。你那么幼嫩，好像一粒包在荚中的青豌豆。我生怕任何一点轻微的碰撞，将你稚弱的生命擦伤。我为你无日无夜地操劳，无怨无悔。面对你熟睡中像合欢一样静谧的额头，我向上苍发誓：我要尽一个母亲所有的力量保护你，直到我从这颗星球上离开的那一天。

你像竹笋一样开始长大。你开始淘气，开始恶作剧。面对你摔破的盆碗、拆毁的玩具、遗失的钱币、污脏的衣着……我都不曾打过你。我想这对于一个正常而活泼的儿童，就像走路会跌跤一样应该原谅。

第一次打你的起因，已经记不清了。人们对于痛苦的记忆，总是趋向于忘记。总而言之那时你已渐渐懂事，初步具备童年人的智慧：它混沌天真又我行我素，它狡黠异常又漏洞百出。你像一匹顽皮的小兽，放任无羁地奔向你向往中的草原，而我则要你接受人类社会公认的法则。为了让你记住并终生遵守它们，在所有的苦口婆心都宣告失效，在所有的夸奖、批评、恐吓以及奖赏都无以建树之后，我被迫拿出最后一件武器——这就是殴打。

假如你去摸火，火焰灼痛你的手指，这种体验将使你一生不会再去抚摸这种橙红色、抖动如绸的精灵。孩子，我希望虚伪、懦弱、残忍、狡诈这些最肮脏的品质，当你初次与它们接触时，就感到切肤的疼痛，从此与它们永远隔绝。

我知道打人犯法，但这个世界给了为人父母者一项特殊的赦免——打是爱。世人将这一份特权赋予母亲，当我行使它的时候臂系千钧。

我谨慎地使用殴打，犹如一个穷人使用他最后的金钱。每当打你的时候，我的心都在轻轻颤抖。我一次又一次问自己：是不是到了非打不可的时候？不打他我还有没有其他的办法？只有当所有的努力都归于失败，孩子，我才会举起我的手。

每一次打过你之后，我都要深深地自责。假如惩罚我自身可以使你汲取教训，孩子，我宁愿自罚，哪怕它将苛烈十倍。但我知道，责罚不可以替代也无法转让，它如同饥馑中的食品，只有你自己嚼碎了咽下去，才会成为你生命体验中的一部分。这道理可能有些深奥，也许要到你为人父母时，才会理解。

打人是个重体力活，它使人肩酸腕痛，好像徒手将一千块蜂窝煤搬上五楼。于是人们便发明了打人的工具：戒尺、鞋底、鸡毛掸子……我从不用那些工具。打人的人用了多大的力，便要遭受同样的反作用力，这是一条力学定律。我愿在打你的同时我的手指亲自承受力的反弹，遭受与你相等的苦痛。这样我才可以精确地掌握力度，不至于失手将你打得太重。

我几乎毫不犹豫地认为：每打你一次，我感到的痛楚都要比你更为久远而悠长。因为，重要的不是身累，而是心累。

孩子，我多么不愿打你，可是我不得不打你！我多么不想打你，可是我一定要打你：这一切，只因为我是你的母亲！

孩子，听了你的话，我终于决定不再打你了。因为你已经长大，因为你已经懂得了很多的道理。毫不懂道理的婴孩和已经很懂道理的成人，我以为都不必打，因为打是没有用的。唯有对半懂不懂、自以为懂其实不甚懂道理的孩童，才可以打，以助他们快快长大。

　　孩子，打与不打都是爱，你可懂得？

带白蘑菇回家

妈妈爱吃蘑菇。

到青海出差,在幽蓝的天穹与黛绿的草原之间,见到点点闪烁的白星。

那不是星星,是草原上的白蘑菇。

路旁有三三两两的藏胞,坐在五颜六色的口袋中间,仰着褐色的面庞,向经过的汽车微笑。袋子口,颤巍巍地露出花蕾般的白蘑菇。

从鸟岛返回的途中,我买了一袋白蘑菇,预备两天后坐火车带回北京。

回到宾馆,铺下一张报纸,将蘑菇一柄柄小伞朝天,摆在地毯上,一如它们生长在草原时的模样。

服务员进来整理卫生,细细的眉头皱了起来。我忙说:"我要把它们带回去送给妈妈。"服务员就暖暖地笑了,说:"您必须把蘑菇翻个身,让菌根朝上,不然蘑菇会烂的。草原上的白蘑菇最难保存。"

听了服务员的话,我就让白蘑菇趴在地上,好像晒太阳的小胖孩,温润而圆滑地裸露在空气中。

　　上火车的日子到了。服务员帮我找来一只小纸箱,用剪刀戳了许多梅花形的小洞,把白蘑菇妥妥地安放进去。原先的报纸上印了一排排圆环,好像淡淡的墨色的图章。我吓了一跳,说:"是不是白蘑菇腐坏了?"服务员说:"别怕。新鲜的白蘑菇的汁液就是黑的。"

　　进了卧铺车厢,我小心翼翼地把纸箱塞在床下。对面一位青海大汉说:"箱子上捅了这么多洞,想必带的是活物了。小鸡?小鸭?怎么听不见叫?天气太热,可别憋死了。"

　　我说:"带的是草原上的白蘑菇,送给妈妈。"

　　他轻轻地重复:"哦,妈妈……"好像这个词语对他已十分陌生。半晌后才接着说,"只是你这样的带法,到不了兰州,蘑菇就得烂成污水。"

　　我大惊失色说:"那可怎么办?"

　　他说:"你在卧铺下面铺开几张纸,把蘑菇晾开,保持它的通风。"

　　我依法处置,摆了一床底的蘑菇。每日数次拨弄,好像育秧的老农。蘑菇们平安地穿兰州,越宝鸡,抵西安,直逼郑州……不料中原一带,酷热无比,车厢内郁热如桑拿浴池,令人窒息。

青海大汉不放心地蹲下检查，突然叫道："快想办法！蘑菇表面已生出白膜，再捂下去就不能吃了！"

在蒸笼般的火车里，还有什么办法可想？我束手无策。

大汉二话不说，把我的白蘑菇重新装进浑身是洞的纸箱。我说："这不是更糟了？"他并不解释，三下五除二，把卧铺小茶几上的水杯、食品拢成一堆，对周围的人说："烦请各位把自家的东西，拿到别处去放。腾出这张小桌，来放小箱子。箱子里装的是咱青海湖的白蘑菇，她要带回北京给妈妈。我们把窗户开大，让风不停地灌进箱子，蘑菇就坏不了啦。大家帮帮忙，我们都有妈妈。"

人们无声地把面包、咸鸭蛋和可乐瓶子端开，为我腾出一方洁净的桌面。

风呼啸着。郑州的风、安阳的风、石家庄的风……接连不断，穿箱而过，白蘑菇黑色的血液渐渐被蒸发了，烘成干燥的标本。

青海大汉坐在窗口迎风的一面，疾风把他的头发卷得乱如蒿草，无数灰屑敷在他铁棠色的脸上，犹如漫天抛撒的芝麻。若不是为了这一箱蘑菇，玻璃窗原不必开得这样大。我几次歉意地说同他换换位子，他却一摆手说："草原上的风比这还大。"

终于，北京到了。我拎起蘑菇箱子同车友们告别，对大家说："我代表自己和妈妈谢谢你们！"

大家说:"你快回家去看妈妈吧。"

由于路上蒸发了水分,白蘑菇比以前轻了许多。我走得很快,就要出站台的时候,青海大汉追上我,说:"有一件很要紧的事,忘了同你交代——白蘑菇炖鸡最鲜。"

妈妈喝着鸡汤说:"青海的白蘑菇味道真好!"

回家去问妈妈:真诚就在你的身后

那一年游敦煌回来,兴奋地同妈妈谈起戈壁的黄沙和祁连的雪峰,说到在丝绸之路上僻远的安西,哈密瓜汁甜得把嘴唇粘在一起……

安西!多么遥远的地方!我在那里体验到莫名其妙的感动。除了我,咱们家谁也没有到过那里!我得意地大叫。

一直安静听我说话的妈妈,淡淡地插了一句:在你不到半岁的时候,我就怀抱着你,走过安西。

我大吃一惊,从未听妈妈谈过这段往事。

妈妈说你生在新疆,长在北京,难道你是飞来的不成?以前我一说起带你赶路的事情,你就嫌烦。说知道啦,别再啰唆。我说,我以为你是坐火车来的,一件司空见惯的事情。

妈妈依旧淡淡地说,那时候哪有火车?从星星峡经柳园到兰州,我每天抱着你,天不亮就爬上装货卡车的大厢板,在戈壁滩上颠呀颠,半夜才到有人烟的地方。你脏得像个泥巴娃娃,几盆水也洗不出本色……

我静静地倾听妈妈的描述,才知道我在幼年时曾带给母亲那样的艰难,才知道发生在安西的感动源远流长。

我突然意识到,在我和最亲近的母亲之间,潜伏着无数盲点。

我们总觉得已经成人,母亲只是一间古老的旧房。她给我们的童年以遮蔽,但不会再提供新的风景。我们急切地投身外面的世界,寻找自我的价值。全神贯注地倾听上司的评论,字斟句酌地印证众人的口碑,反复咀嚼朋友随口吐露的一滴印象,甚至会为恋人一颦一笑的含义彻夜思索……我们极其在意世人对我们的看法,因为世界上最困难的事莫过于认识自己。我们恰恰忘了,当我们环视整个世界的时候,有一双微微眯起的眼睛,始终在背后凝视着我们。

那是妈妈的眼睛啊!

我们幼年的顽皮,我们成长的艰辛,我们与生俱来的弱点,我们异于常人的禀赋……我们从小到大最详尽的档案,我们失败与成功每一次的记录,都贮存在母亲宁静的眼中。

她是世界上第一个认识我们的人。我们何时长第一颗牙?我们何时说第一句话?我们何时跌倒了不再哭泣?我们何时骄傲地昂起了头颅?往事像长久不曾加洗的旧底片,虽然暗淡却清晰地存放在母亲的脑海中,期待着我们将它放大。

所有的妈妈都那么乐意向我们提起我们儿时的事情,她们的眼睛在那一瞬露水般年轻。我们是她们制造的精品,她们像手艺精湛的老艺人，不厌其烦地描绘打磨我们的每一个过程。

于是我们不客气地对妈妈说：老提那些过去的事，烦不烦呀？别说了，好不好？！

从此，母亲就真的噤了声，不再提起往事。有时候，她会像抛上岸的鱼，突然张开嘴，急速地翕动着气流……她想起了什么，但她终于什么也没有说，干燥地合上了嘴唇。我们熟悉了她的这种姿势，以为是一种默契。

为什么怕听母亲讲过去的事情，是不愿承认我们曾经弱小？是不愿承载亲人过多的恩泽？我们在人海茫茫世事纷繁中无暇多想，总以为母亲会永远陪伴在身边，总以为将来会有某一天让她将一切讲完。

在一个猝不及防的刹那，冰冷的铁门在我们身后戛然落下。温暖的目光折断了翅膀，掩埋在黑暗的那一边。

我们在悲痛中愕然回首，才发现自己远远没有长大。

我们像一本没有结尾的书，每一个符号都是母亲用血书写。我们还未曾读懂，著者已撒手离去。从此我们面对书中的无数悬念和秘密，无以破译。

我们像一部手工制造的仪器，处处缠绕着历史的线路。母亲走了，那唯一的图纸丢了。从此我们不得不在暗夜中孤独地拆卸自己，焦灼地摸索着组合我们性格的规律。

当那个我们快乐时,她比我们更欢喜,我们忧郁时,她比我们更苦闷的人,头也不回地远去的时候,我们大梦初醒。

损失了的文物永不能复原,破坏了的古迹再不会重生。我们曾经满世界地寻找真诚,当我们明白最晶莹的真诚就在我们身后时,猛回头,它已永远熄灭。

我们流落世间,成为飘零的红叶。

趁老树虬蚺的枝丫还郁郁葱葱时,让我们赶快跑回家,去问妈妈。

问她对你充满艰辛的诞育,问她独自经受的苦难。问清你幼小时的模样,问清她对你所有的期冀……你安安静静地偎依在她的身旁,听她像一个有经验的老农,介绍风霜雨雪中每一穗玉米的收成。

一定要赶快啊!生命给我们的允诺并不慷慨,两代人命运的云梯衔接处,时间只是窄窄的台阶。从我们明白人生的韵律,距父母还能明晰地谈论以往,并肩而行的日子屈指可数。

给母亲一个机会,让她重温创造的喜悦;给自己一个机会,让我深刻洞察尘封的记忆;给众人一个机会,让他全面搜集关于一个人一个时代的故事。

在春风和煦或是大雪纷飞的日子,赶快跑回家,去问妈妈。让我们一齐走向从前,寻找属于我们的童话。

剥豆

一天,我与儿子面对面坐着剥豆。当翠绿的豆快将白瓷盆的底铺满时,儿子忽然站起身,新拿一个瓷碗放在自己面前,将瓷盆朝我面前推了推。

我问:"想比赛?"

"对。"儿子眼动手剥,利索地回答。

"这不公平。我的盆里已有不少了,可你只有几粒。"我说着,顺手抓一把豆想放到他碗里。

"不,"他按住我的手,"就这样,才能试出我的速度。"

一丝喜悦悄悄涌上心头,我欣赏儿子这种自信和大气。

一时,原本很随意的家务劳动有了节奏,只见手起豆落,母子都敛声息语。

"让儿子赢吧,以后他会对自己多一些自信。"这样想着,我的手不知不觉地慢下来。

"在外面竞争靠的是实力,谁会让你?要让他知道,失败、成功皆是常事。"剥豆的速度又快了起来。

儿子手不停歇，目光却时不时地落在两个容器里。见他如此投入，我心生怜爱，剥豆的动作不觉又缓了下来。

"不要给孩子虚假的胜利。"想到这些，我的节奏又紧了许多。

一大袋豌豆很快剥完了。一盆一碗，一大一小，不同的容器难以比较，但凭常识，我知道儿子输定了。我正想淡化结果，他却极认真地拿来一个碗，先将他的豆倒进去，正好一碗，然后又用同样的碗来量我的豆，也是一碗，只是凸起来了，像一个隆起的土丘。

"你赢了。"他朝我笑笑，很轻松，全然没有剥豆时的认真和执着。

"是平局，我本来有底子。"我纠正他。

"我少，是我输了。"没有赌气，没有沮丧，儿子的脸上仍是那如山泉般的清澈笑容。

想起自己的瞻前顾后，小心翼翼，实在是大可不必。对孩子来说，该承受的，该经历的，都应该让他体验。失望、失误、失败、伤痛、伤感、伤痕，自有它的价值。生活是实在的，真实的生活有快乐，也一定有磨难。

一厘米

陶影独自坐公共汽车时,经常不买票。

为什么一定要买票呢?就是没有她,车也要一站站开,也不能因此没有司机和售票员,也不会少烧汽油。

当然她很有眼色,遇上认真负责的售票员,她早早就买票。只有对那些吊儿郎当的,她才小小地惩罚他们,也为自己节约一点钱。

陶影是一家工厂食堂的炊事员,在白案上,专做烤烙活,烘制螺旋形沾满芝麻酱的小火烧。

她领着儿子小也上汽车。先把儿子抱上去,自己断后。车门夹住了她背上的衣服,好像撑起一顶帐篷。她伶俐地扭摆了两下,才脱出身来。

"妈妈,买票。"小也说,小孩比大人更重视形式,不把车票拿到手,仿佛就不算坐车。

油漆皲裂的车门上,有一道白线,像一只苍白的手指,标定1.1米。

小也挤过去。他的头发像草一样蓬松，暗无光泽。陶影处处俭省，但对孩子的营养绝不吝惜。可惜养料走到头皮便不再前进，小也很聪明，头发却乱纷纷。

陶影把小也的头发往下捺，仿佛拨去浮土触到坚实的地表，她摸到儿子柔嫩的头皮，像是塑料制成，有轻微的弹性。那地方原有一处缝隙。听说人都是两半对起来的。对得不稳，就成了豁豁嘴。就算对得准，要长到严丝合缝，也需要很多年。这是一道生命之门，它半开半合，外面的世界像水一样，从这里流进去。每当抚到这道若隐若现的门缝，陶影就感觉到巨大的责任。是她把这个秀气的小男孩带到这个世界上来的。她很普通，对谁都不重要，可有可无，唯独对这个男孩，她要成为完美而无可挑剔的母亲。

在小也的圆脑袋和买票的标准线之间，横着陶影纤长而美丽的手指。由于整天和油面打交道，指甲很有光泽，像贝壳一样闪亮。

"小也，你不够的。还差一厘米。"她温柔地说。她的出身并不高贵，也没读过许多书。她喜欢温文尔雅，竭力要给儿子留下这种印象，在这样做的过程中，她感觉自身高贵起来。

"妈妈！我够了，我够了！"小也高声叫，把脚下的踏板跺得像一面铁皮鼓。"你上次讲我下次坐车就可以买票了，这次就是下次了，为什么不给我买票？你说话不算话！"他半仰着脸，愤怒地朝向他的妈妈。

陶影看着儿子。一张车票两毛钱。她很看重两毛钱的,它等于一根黄瓜两个西红柿。如果赶上处理就是三捆小红萝卜或者干脆就是一堆够吃三天的菠菜。但小也仰起脸,像一张半开的葵盘,准备承接来自太阳的允诺。

"往里走!别堵门口!这又不是火车。一站就从北京到保定府了,马上到站了……"售票员不耐烦地嚷。

按照往日的逻辑,冲她这份态度,陶影就不买票。今天她说:"买两张票。"

面容凶恶的售票员眼睛很有准头:"这小孩还差一厘米,不用买票。"

小也立刻矮了几厘米,而绝不是一厘米,买票与不买票强烈地关系着一个小小男子汉的尊严。

两毛钱就能买到尊严,只发生在人的童年。没有一个妈妈能够拒绝为孩子提供快乐。

"我买两张票。"她矜持地重复。

小也把他那张票粘在嘴唇上,噗噜噗噜吹着响,仿佛那是一架风车。

他们是从中门上的,前门下的。前门男售票员查票,陶影觉得他很没有眼力:哪个带孩子的妈妈会不买票?她就是再穷再苦,也得在自己的孩子面前能昂起头。

她把票很潇洒地交给售票员，售票员问："报销不？"她说："不要了。"其实她应该把票根保存起来。这样以后哪次集体活动或开食品卫生会，她骑车去，回来后可以用这张票报销，夫妇都是蓝领工人，能省就省一点。可小也是个绝顶机灵的孩子，会追着妈妈问："咱们出来玩的票也能报销吗？"在孩子面前，她不愿撒谎。

这样挺累的，她按照各种父母必读上的标准，为自己再塑一个金身。你得时时注意检点，因为面对一个无所不在的观众。不过也充满了温馨与爱。比如吃西瓜，只要小也在，她一定时时提醒自己，不要把西瓜皮啃得太苦。其实在她看来，西瓜瓤与西瓜皮没什么大分别，一路吃下去，不过红色渐渐淡了，甜味渐渐稀了，解渴消暑是一样的。瓜皮败火，还是一味药呢。终于有一天，她发现儿子也像妈妈一样，把瓜皮啃出梳齿样的牙痕，印堂上粘了一粒白而软的嫩瓜子时，她勃然大怒了："谁叫你把瓜皮啃得这样苦？要用瓜皮洗脸吗？"小也被妈妈吓坏了，拿着残月一般的瓜皮战战兢兢，但圆眼睛盛满不服。小孩子是天下最出色的"以子之矛，攻子之盾"的行家。陶影从此明白了，以她现有的家境要培育出具有大家风度的孩子，需要全力以赴的正面教育。这很难，就像用小米加步枪打败飞机大炮一样，但并不是做不到。在这个过程中,她觉得生活多了几分追求。

今天她领小也到一座巨大的寺院参观,小也长这么大,还没见过佛。陶影心里是不信佛的,她不会让小也磕头。这是迷信,她知道。

门票五块钱一张。如今庙也这样值钱了。票是红案上的老张给的。期限一个月,今天是最后一天,老张神通大,什么人都认识。有时拿出一本像撕掉皮的杂志说:"见过吗?这叫《大参考》。"陶影觉得论个头,它可比报纸样的《参考消息》要小得多,怎么能叫《大参考》呢?问老张,老张也说不清,只说别人都这么叫,许是把杂志拆开来一张张铺开,终归是要比那张小报大的。想想也很有理。仔细看那大字印的参考,上面还在议论海湾战争会不会打,其实大家都在谈伊拉克的战争赔款问题了,说他们除了伊拉克枣,不知道还有什么。不管怎么说,陶影还是佩服老张。为了这锲而不舍的佩服,老张给她这张票。"就一张啊?"感激之余,陶影还不满足。"爷们儿就算了,领孩子开开眼呗!不满一米一的孩子免票。实在不乐意去,到门口把票倒腾出去,够买俩西瓜的!"老张设身处地为她着想。

她特地带小也来玩。

京城里难得有这一大片森然的绿地。未及靠近,便有湛凉的冷绿之气漫溢而来。仿佛正要面临一座山谷或是一道飞瀑。小也从妈妈手里夺过门票,又含在嘴里,飞快地跑向金碧辉煌的寺门,仿佛一只渴极了要饮水的小动物。

陶影突然有些伤心。不就是一座庙吗?怎么连妈妈都不等了,旋即又释然,带儿子出来,不就是要让他快乐嘛!

庙门口的守卫是一个穿着红衣黑裤的青年。想象中应该穿黄色工作服,现在这一身打扮,令人想起餐厅和饭店。

小也很流畅地跑过去,好像那是流量很大的泻口,而他不过是一滴水珠。红衣青年很敏捷地摘下他口中的票,仿佛那是清明节前的一片茶叶。

陶影用目光包裹着儿子,随着小也的步伐,这目光像柔软的蚕丝从茧中抽了出来。

"票。"红衣青年拦住她,语句简单得像吐出一枚枣核。

陶影充满感情地指了指小也。她想所有的人都会喜欢她的儿子。

"我问的是你的票。"红衣青年僵硬地说。

"不是刚才那孩子已经给你了吗?"陶影安静地解释。这小伙子太年轻,还没来得及做爸爸。今天出来玩,陶影心情很好,她愿意有始有终。

"他是他的。你是你的。"红衣青年冷淡地说。

陶影费了一番思索,才明白红衣青年的意思:他们娘儿俩应该有两张票。

"小孩不是不要票吗?"陶影不解。

"妈妈你快一点啊!"小也在远处喊。

"妈妈就来。就来。"陶影大声回答。附近有人围拢来,好像鱼群发现了灯光信号。

陶影急了,想赶快结束这件事,她的孩子在等她。

"谁说不要票?"红衣青年歪着头问,他挺喜欢人越聚越多。

"票上说的。"

"票上怎么说的?"红衣青年仿佛一个完全的外行。

"票上说不足一米一的孩子免费参观,超过一米一的孩子照章购票。"陶影自信自己背得一点不错,但她还是伸手想从废票箱里掏出一张,照本宣读比背诵更接近真实。

"别动!别动!"红衣青年突然声色俱厉。陶影这才感到自己举动不当,像冬天触到暖气片似的缩回手。

"您很清楚吗?"红衣青年突然称她为"您"。陶影听出了敌意,还是点点头。

"可是您的孩子已经超过了一米一。"红衣青年很肯定地说。

"没有。他没有。"陶影面带微笑地说。

人们天生地倾向母亲。

"他从这里跑过去,我看得很清楚。"小伙子斩钉截铁。他顺手一指,墙上有条红线,像雨后偶尔爬上马路的蚯蚓。

"妈妈,你为什么还不进来?我还以为你丢了呢!"小也跑过来,很亲热地说,好像他妈妈是他的一件玩具。

人们响起轻微的哄笑声。这下好了,证据来了,对双方都好。

红衣青年略略有些紧张。当然他是秉公办事,当然他明明看清楚的。可这个逃票的女人不像别人那样心虚,也许,这才更可恶。他想。

陶影果然很镇定,甚至有点扬扬得意,儿子喜欢热闹,喜欢被人注意,这种有惊无险的遭遇,一定会令小也开心。

"你过来。"红衣青年简短地命令小也。

人们屏气静心等待。

小家伙看了看他的妈妈,妈妈向他鼓励地点点头。小也很大方,轻轻地咳嗽了一下,又揪了揪衣服,像百米赛跑冲刺似的撞开了众人的视线,雄赳赳气昂昂地走到了"红蚯蚓"旁。

于是——人们无可置疑地看到——"红蚯蚓"挂在小家伙的耳朵上。

这怎么可能?!

陶影一个箭步冲过去,啪的一下打在孩子的头颅上,声音清脆,仿佛踩破一个乒乓球皮。

小也看着陶影,并没有哭。惊讶大于疼痛,他从未挨过妈妈如此凶猛的一掌。

"打哪儿也不能打头啊!"

"这当妈的!有钱就买张票没钱就算了,也犯不着拿孩子撒气啊!"

"是亲妈吗?看模样倒还像……"

人们议论纷纷。

陶影真慌了。她并不是想打小也,只是想把他那鸡冠子一样高耸的头发抚平。她悲惨地发现,小也纵是此刻变成一个秃子,身高也绝对在这条"红蚯蚓"之上。

"小也,别踮脚尖!"陶影厉声说。

"没有,妈妈。我没有……"小也带出哭音。

是的,没有。"红蚯蚓"残忍地伏在比小也眉头稍高的地方。

红衣青年突然像早晨醒来时伸了一个懒腰,他的眼光很犀利,抓到过许多企图逃票的人。"买票去!买票去!"他骄横地说,所有的温文尔雅都被"红蚯蚓"吮去。

"可是,他不够一米一。"陶影感到了自己的孤立无援,顽强地坚持。

"所有逃票的人都这么说。信你的还是信我的?这可是全世界统一的度量衡标准,国际米尺保存在法国巴黎,是铂铱合金制成的,你知道吗你!"

陶影目瞪口呆。她只知道做一身连衣裙要用布料两米八，她不知道国际米尺保存在哪儿，只敬佩这座庙里的神佛，它使她的儿子在顷刻之间长高了几厘米！

"可是，刚才在汽车里，他还没有这么高……"

"他刚生下来的时候，更没有这么高！"红衣青年清脆地冷笑。

在人们的哄笑声中，陶影的脸像未印上颜色的票根一样白。

"妈妈，你怎么了？"小也逃开"红蚯蚓"，用温热的小手拉住妈妈冰冷的手。

"没什么，妈妈忘了给你买票。"陶影无力地说。

"忘了？说得好听！你怎么不把自己的孩子给忘了？"红衣青年还记着这女人刚才的镇静，不依不饶。

"你还要怎么样？"陶影尽量压抑怒火，在孩子面前，她要保持一个母亲最后的尊严。

"嘴还这么硬！不是我要怎么样，是你必须认错！不知从哪儿混了张专供外宾的赠票，本来就没花钱，还想再蒙一人进去，想得也太便宜了是不是？甭啰唆，趁早买票去！"红衣青年倚着墙壁，面对众人，像在宣读一件白皮书。

陶影的手抖得像在弹拨一张无形的古筝。怎么办？吵一架吗？她不怕吵架，可她不愿意孩子看见这一幕。为了小也，她忍。

"妈妈去买票。你在这里等我,千万别乱跑。"陶影竭力做出笑容。好不容易领孩子出来一天,她不能毁了情绪,要让天空重新灿烂。

"妈妈,你真的没买票?"小也仰着脸充满惊讶与迷茫。这神情出现在一张纯正的儿童脸上,令人感到一丝恐惧。陶影的手像折断的翅膀僵在半空。今天这张票,她是不能买!若买了,她将永远说不清。

"我们走!"她猛地一拉小也。若不是男孩子骨缝结实,几乎脱臼。

他们到别的公园去玩。陶影要逗小也高兴,但小也总是闷闷的,仿佛一下长大许多。

走过一个冰棍摊,小也说:"妈妈给我钱。"

小也拿了钱,跑到冰棍摊背后:"老奶奶量量我多高。"陶影这才看到有位老太太守着一盘身高体重磅。

老太太瘪着嘴,颤巍巍扶起标尺,一寸寸拔起,又一寸寸往下按:"1.1米。"她凑近了看。

陶影觉得见了鬼:莫非孩子像竹笋一样见风就长?

小也眼里生出一种冰晶一样的东西,不理陶影,一甩头,往前跑。突然,他摔了一跤。腾起在空中的一刹那,他像一只飞翔的鸟。然后,重重地摔在地上。陶影赶快跑过去扶,就在她走近的一刹那,小也忽地爬起来,兀自往前跑。

陶影站住了。她想如果自己追过去,小也会摔第二跤的。望着孩子渐渐远去的身影,她伤心地想:小也,你真的不回头看妈妈了?

小也跑到很远,终于还是停下来,回过头寻找妈妈。找到了,就又转过身跑……

陶影觉得事情不可思议。她问老奶奶:"大妈,您这磅……"

"我这磅准让您高兴!您不就巴着孩子长高点吗?别巴望着孩子长!孩子长大了,当妈的就老喽!"老奶扔把嘴呷得叭叭响。

"您这磅……"陶影又一次问。老人很和善,可她没把问题说清楚。

"我这磅大点。让您量着个头高点,分量轻点,时下不是都兴健美吗?我这是健美磅。"老人慈祥的脸上露出狡黠的笑容。

原来是这样!应该让小也听到这话!小也已经跑远,况且他能否明白这其中的奥妙?

小也的目光总是怯怯的,好像妈妈是大灰狼变的。回到家,陶影拿出卷尺,要给小也重新量一下身高。

"我不量!人家都说我够高了,就你说我不够。你不愿意给我买票,别以为我不知道!只要你一量,我一定又不够了。我不相信你!不相信!"

陶影拽着那根淡黄色的塑料尺，仿佛拽着一条冰凉的蟒蛇。

"陶师傅，您烙的小火烧穿迷彩服了！"一位买饭的人对她说。

小火烧煳了，凹凸不平，像一只只斑驳的小乌龟。

真对不起。

陶影很内疚，她对工作还是很负责的，这两天常常走神。

一定要把事情挽回回来！夜里，小也睡了，陶影把儿子的双腿持直，孩子平展得如同缩过水的新布。陶影用卷尺从他的脚跟量到脑瓜顶，一米零九厘米。

她决定给红衣青年的领导写一封信。拿起笔来，才知道这事多么艰难！

看着她冥思苦想的样子，当钳工的丈夫说："写了又能咋样？"

是啊，陶影不知道能咋样，只是为了融化孩子眼中那些寒冰，她必须要干点什么。

终于，她写好了。厂里有位号称"作家"的，听说在报屁股上发过豆腐块。陶影恭恭敬敬地找到他，递上自己的作品。

"这像个通讯报道。不生动，不感人。"作家用焦黄的指头戳着陶影给报社写的读者来信。

陶影不太清楚通讯报道到底是个啥样子，只知道此刻这样讲，肯定是不满意，看着焦黄指头上的茧子，她连连点头。

"你得这么写，开头先声夺人，其后耳目一新。得让编辑在一大堆稿件里一瞅见你这一篇，眼前呼地一亮，好像在土豆堆里突然见到一个苹果。最重要的是，要哀而动人。哀兵必胜你懂不懂？"

陶影连连点头。

作家受了鼓励，侃得越发来劲："比如这开头吧，就改成：佛法无边，五龄孩童未进寺门先长一寸；佛法有限，刚回到家就跟原先一样高了……当然后头这句对偶还不工稳，你再考虑一下……"

陶影拼命心记，还是没能记全作家的话。不过她还是又修改了一遍，抄好挂号寄出去。

作家吃饭时来买小火烧。"您稍等。"陶影的脸镶在收饭票的小窗口，像一张拘谨的照片。

作家想可能是今天的小火烧又烤煳了，为了酬谢点拨之功，给几个煳得轻的。

"给您。这几个特地多放了糖和芝麻。"陶影怯怯地说。这是一个白案上的烤活女工所能表达的最大的谢意了。

其后，是漫长的等待。陶影每天都极其认真地看报纸，连报纸中缝做录像机的广告都不放过。然后是听广播，她想那些声音甜美庄重的播音员，也许会在一个晴朗的早晨，一字不差地把自己写的那封信念出来。最后是到收发室去看信，她想也许寺院管理部门会给她回一封道歉信……

她设想了一百种可能，但一种可能都没有发生。日子像雪白的面粉，毫无变化地流泻过去。小也外表已恢复正常，但陶影坚信那一幕绝没有消失。

终于，等到了一句问话："哪里是陶影同志的家？"

"我知道。我带你们去。"小也兴高采烈地领着两位穿干部服的老者走进家门。"妈妈，来客人啦！"

陶影正在洗衣服，泡沫一直漫到胳膊肘。

"我们是寺庙公园管理处的。报社把您的信转给我们了。我们来核实一下情况。"

陶影很紧张，很沮丧。主要是家中太乱了，还没来得及收拾。他们会觉得她是一个懒女人，也许不会相信她。

"小也，你到外面去玩好吗？"陶影设想中一定要让小也在，让他把事情搞清楚。真事到临头，她心中不安，想象不出会出现什么情景。能有红衣青年那样的下属，领导估计也好不到哪儿去。

"我们已经找当事人调查过了，情况基本属实。不要叫孩子走，我们要实地测量一下身高。"那位年纪较轻的说。

小也顺从地贴在墙壁上。雪白的墙壁衬着他，好像一幅画。他不由自主贴得很紧，测量身高勾起了他稀薄的记忆，重又感到那一天的恐惧。

干部们很认真。他们先是毫不吝惜地在墙上划了一道杠，然后用钢卷尺量那杠离地表的距离。钢卷尺像一条闪亮的小溪，跳动在他们身边。

镇静回到了陶影身上。

"多少？"她问。

"一米一，正好。"较年轻的干部说。

"不是正好。你们过了一个月零九天才来。一个月以前，他没有这样高。"陶影平静地反驳。

两位干部对视了一眼。这是一个无法辩驳的理由。

他们掏出了五元钱。钱是装在一个信封里的，他们早做了准备。他们量过墙上那条"红蚯蚓"，知道它的缺斤少两。

"那天您终于没有参观，这是我们的一点赔偿。"年长的干部说，态度很慈祥，看来是位领导。

陶影没有接。那一天失去的快乐，是多少钱也买不回来了。

"如果您不要钱，这里有两张参观券。欢迎您和孩子到我们那儿去。"年轻些的干部更加彬彬有礼。

这不失为一个充满诱惑力的建议。但陶影还是毫不迟疑地摇了摇头。那个地方，对于她，对于小也，都永远不会激起快乐的回忆。

"你到底要哪样呢？"两位干部一齐问。

是的，陶影在这一瞬，也在问自己。她是个生性平和的女人，别说是两位素不相识的老年人登门致歉，就是红衣青年本人来，她也不会刁难他的。

她究竟想要什么呢？

她把小也推到两位老人面前。

"叫爷爷。"她吩咐。

"爷爷。"小也叫得很甜。

"两位领导。钱请你们收起，票也收起。就是那天当班的查票员，也请不要难为他，他也是负责……"

两位干部一看陶影说得这样宁静，反倒有些无措。

陶影把小也拉得离老人更近些："只请两位爷爷把那天的事情同孩子讲清楚，告诉他，妈妈没有错……"

卷四 需要收藏的温情

呵护心灵

那一年我十七岁,在西藏雪域的高原部队当卫生兵,具体工作是化验员。

一天,一个小战士拿着化验单找我,要求做一项很特别的检查。医生怀疑他得了一种古怪的病,这个试验可以最后确诊。

试验的做法是:先把病人的血抽出来,快速分离出血清。然后在五十六摄氏度的条件下,加温三十分钟。再用这种血清做试验,就可以得出结果来了。

我去找开化验单的医生,说,这个试验我做不了。

医生说,化验员,想想办法吧。要是没有这个化验的结果,一切治疗都是盲人摸象。

听了医生的话,本着对病人负责的精神,我还仔细琢磨了半天,想出一个笨法子,就答应了医生的请求。

那个战士的胳膊比红蓝铅笔粗不了多少,抽血的时候面色惨白,好像是要把他的骨髓吸出来了。

我点燃一盏古老的印度油灯。青烟缭绕如丝,好像有童话从雪亮的玻璃罩子里飘出。柔和的茄蓝色火焰吐出稀薄的热度，将高原严寒的空气炙出些微的温暖。我特意做了一个铁架子，支在油灯的上方。架子上安放一只盛水的烧杯，杯里斜插温度计，红色的汞柱好像一条冬眠的小蛇，随着水温的渐渐升高而舒展身躯。

当烧杯水温到五十六摄氏度的时候，我手疾眼快地把盛着血清的试管放入水中，然后双眼一眨不眨地盯着温度计。当温度升高的时候，就把油灯向铁架子的边移动。当水温略有下降的趋势，就把火焰向烧杯的中心移去。像一个烘烤面包的大师傅，精心保持着血清温度的恒定……

时间艰难地在油灯的移动中前进，大约到了第二十八分钟，一个好朋友推门进来。她看我目光炯炯的样子，大叫了一声说，你不是在闹鬼吧，大白天点了盏油灯！

我瞪了她一眼说，我是在全心全意地为病人服务，正像孵小鸡一样地给血清加温呢！

她说，什么血清？血清在哪里？

我说，血清就在烧杯里呀。

我用目光引导着她去看我的发明创造。当我注视到温度计的时候，看到红线已经膨胀到七十摄氏度。劈手捞出血清试管，可就在我说这一句话的工夫，原本像澄清茶水一般流动的血清，已经在热力的作用下，凝固得像一块古旧的琥珀。

完了！血清已像鸡蛋一样被我煮熟，标本作废，再也无法完成试验。

我恨不得将油灯打得粉碎。但是油灯粉身碎骨也于事无补，我不该在关键时刻信马由缰。现在面临的问题是我该怎么办，空白化验单像一张问询的苦脸，我不知填上怎样的回答。

最好的办法是找病人再抽上一管鲜血，一切重新开始，但是病人惜血如命，我如何向他解释？就说我的工作失误了吗？那是多么没有面子的事情！人人都知道我是一个尽职尽责的好化验员，这不是给自己抹黑吗？

想啊想，我终于设计出了如何对病人说。

我把那个小个兵叫来，由于对疾病的恐惧，他如惊弓之鸟战战兢兢。

我不看他的脸，压抑着心跳，用一个十七岁女孩可以装出的最大严肃对他说：我已经检查了你的血，可能……

他的脸唰地变成霜一般，颤抖着嗓音问，我的血是不是有问题？我是不是得了重病？

这个……你知道像这样的检查，应该是很慎重的，单凭一次结果很难下最后的结论……

说完这句话，我故意长时间地沉吟着，一副模棱两可的样子，让他在恐惧的炭火中慢慢煎熬，直到相信自己罹患重疾。

他瘦弱的头颅点得像啄木鸟,说,我给你添了麻烦,可是得了这样的病,没办法……

我说,我不怕麻烦,只是本着对你负责,对你的病负责,还要为你复查一遍,结果才更可靠。

他苍白的脸立刻充满血液,眼里闪出星星点点的水斑。他说,化验员,真是太谢谢了,想不到你这样年轻,心地这样好,想得这么周到。

小个子说着,几乎是迫不及待地撸起袖子,露出细细的臂膀,让我再次抽他的血。

我心里窃笑着,脸上还做出不情愿的样子,很矜持地用针扎进他的血管。这一回,为了保险,我特意抽了满满的两管鲜血,以防万一。

古老的油灯又一次青烟缭绕,我自始至终都不敢大意,终于取得了结果。

他的血清呈阴性反应。也就是说——他没有病。

再次见到小个子的时候,他对我千恩万谢。他说,化验员哪,你可真是认真哪。那一次通知我复查,我想一定是我有病,吓死我了。这几天,我思前想后,把一辈子的事都想过了一遍。幸亏又查了一次,证明我没病。你为病人真是不怕辛苦啊!

我抿着嘴不吭声。

后来领导和同志们知道了这件事,都夸我工作认真并且谦虚谨慎。

在以后很长的时间里,我都为自己当时的灵动机智而得意。

我的年纪渐长,青春离我远去,肌体像奔跑过久的拖拉机,开始穿越病魔布下的沼泽。有一天,当我也面临重病的笼罩,对最后的化验结果望穿秋水的时候,我才懂得了自己当年的残忍。我对医生的一颦一笑察言观色,我千百次地咀嚼护士无意的话语。我明白了,当人们忐忑在生死边缘时,心灵是多么脆弱。

为了掩盖自己一个小小的过失,不惜粗暴地弹拨病人弓弦般紧张的神经,我感到深深的懊悔。

我们可以吓唬别人,但不可吓唬病人。当他们患病的时候,精神是一片深秋的旷野,无论多么轻微的寒风,都会引起萧萧黄叶的凋零。

让我们像呵护水晶一样呵护人的心灵。

洞茶

我十六岁时在西藏海拔五千米的高原当兵。司务长分发营养品,给我一块黑乎乎的粗糙物件,说,这是茶砖!

那东西一不小心掉到雪地上,边缘破损色黑如炭,衬得格外凄惶。

我没有捡,弯腰太费体力。老医生看到了,心疼地说:关键时刻砖茶能救你命呢。

我说,它根本不像见棱见角的砖,更不像青翠欲滴的茶。

老医生说,不能从茶的颜色来判定茶的价值,就像不能从人的外表诊断病情。它叫青砖茶,是用茶树的老叶子压制而成,加以发酵,所以颜色黢黑。它的茶碱含量很高,在高原,茶碱可以兴奋呼吸系统。如果出现强烈的高原反应,喝一杯这种茶,可缓解症状。它是高原之宝。

没到过酷寒国境线上的人,难以想象砖茶给予边防军的激励。高原上的水,不到七十度就迫不及待地开锅了,无法泡出茶中的有效成分。我们只有把茶饼掰碎,放在搪瓷缸里,灌上用雪化成的水,煨在炉火边久久地熬煮,如同煎制古老的药方。渐渐地,一抹米白色的蒸汽袅袅升起,抖动着,如同披满香氛的纱。缸子中的水渐渐红了,渐渐黑了……平原青翠植物的精魂,在这冰冷的高原,以另外一种神秘的形式复活。

慢慢喝茶上瘾,便很计较每月发放砖茶的数量。司务长的手指就是秤杆,他从硕大的茶砖上掰下一片,就是你应得的分量。碰上某块特别硬,司务长会拿出寒光闪闪的枪刺,用力戳下一块。某月领完营养品,我端详这分到手的砖茶,委屈地说,司务长,你克扣了我。

当司务长的,最怕这一指控。愤然道,小鬼你可要说清楚,我哪里克扣了你?

我说,有人用手指抠走了我的茶。你看,他还留下两道深痕。

司务长说,哈哈!只留下了两道痕,算你好运。应该是三道痕的。那不是被人抠走的,是厂子用机器压下的商标,这茶是"川"字牌。

我说,茶厂机器压过的沟痕,是不是所用茶叶就比较少啊?

司务长说,分量上应该并不少,可能压的比较瓷实,你多煮一会儿就是了。

我追问,这茶是哪里出的啊?

司务长说,"川"字牌,当然是四川的啊。万里迢迢运到咱这里,外面包的土黄纸都磨掉了,只有这茶叶上的字,像一个攀山的人,手抠住崖边往下滑溜又不甘心时留下的痕迹。

从此我与这砖茶朝夕相伴,它灼痛了我的舌,温暖了我的胃,安慰了我的心,润泽了我的脑,是我无声的知己。十一年后我离开高原回到北京,却再也找不到我那有三道沟痕标记的朋友。我丢失了它,找遍北京的茶庄也不见它踪影。好像它变成我在高原缺氧时的一个幻影,与我悄然永诀。

此后三十余年,我品过千姿百媚的天下名茶,用过林林总总的精美茶具,见过古乐升平的饮茶仪礼,却总充满若即若离的迷惘困惑。茶不能大口喝吗?茶不能沸水煮吗?茶不能放在铁皮缸子里煎吗?茶不能放盐巴吗?茶不能仰天长啸后一饮而尽吗?!

我不喜欢茶的矜持和贵族,我不喜欢茶的繁文缛节。我不喜欢茶的一掷千金,我不喜欢茶的等级与身份。我不喜欢茶对于早春的病态嗜好,我不喜欢饮茶者故作高深的奢靡排场。

我出差到了四川,满怀希望地买了一块茶砖,以为将要和老友重逢。喝下却依稀只有微薄地近似,全然失却了当年的韵味。我绝望了——舌头老了,警醒甘凛的砖茶味道,和我残酷的青春搅缠在一起,埋葬于藏北重重冰雪之下,不再复返。

今年,我在湖北赤壁终于见到了老朋友。赤壁市古称蒲圻,有个老镇羊楼洞。此地土地肥沃气候适宜,遍植茶树。因地名羊楼洞,所产砖茶被称为"洞茶"。山上有三条清澈的天然泉水,三水合一,即为一个"川"字,成了砖茶的商标。早在宋景德年间,这里就开始了茶马互易。清咸丰年间,汉口还没有开埠,谷雨前后,茶商千里迢迢来羊楼洞镇收茶。所制砖茶远销蒙古及俄罗斯西伯利亚等地,享有盛誉。二十世纪初期,铺着青石板的羊楼洞古街上,有茶厂三十余家,年产砖茶三十余万箱,天下闻名。

有了上次的教训,不敢贸然相认。砖茶沏好,出于礼貌,我轻浅地含了一口。

晴天霹雳,地动山摇!

所有的味蕾,像听到了军号,怦然怒放。口颊的每一丝神经,都惊喜地蹦跳。天哪,离散了几十年的老朋友,在此狭路相见相拥相抱。甘暖依然啊,温润如旧。在口中荡漾稍久,熟稔的感觉烟霞般升腾而起。好似人已迟暮,蓦然遭逢初恋挚友,执手相望。岁月无情,模样已大变,白发斑斑,步履蹒跚。但随着时间一秒秒推移,豆蔻年华的青春风貌,如老式照片在水盆中渐渐显影,越发清晰。随后复苏的是我的食道和胃囊,它们锣鼓喧天欢迎老友莅临。人的所有器官中,味觉是最古老的档案馆,精细地封存着所有生命原初的记忆。胃更堪称最顽固的守旧派,一往情深抵抗到底。这些体内的脏器无法言语,却从未有过片刻遗忘。它们以一种不可思议的稳定,保持着青春的精准与纯粹。

青山绿水的赤壁茶林,你可知道曾传递给边防军人多少温暖和力量!冰雪漫天时,呷一口洞茶徐徐咽下,强大而涩香的热流注满口颊,旋即携带奔涌的力量滑入将士的肺腑,输送到被风寒侵袭的四肢百骸。让戍边的人忆起遥远的平原,缤纷的花草,还有年迈的双亲和亲爱的妻女。他们疲惫的腰杆重新挺直,成为国境线上笔直的界桩。他们僵硬的手指重新有力,扣紧了面向危险的枪机。他们困乏的双脚重新矫健,巡逻在千万里庄严的国土之上。

我用当年方法,熬煮洞茶水洒向大地,对天而祭。司务长和老医生都因高原病早早仙逝,他们在天堂一定闻得到这质朴的香气,沉吟片刻后会说,是这个味道啊,好茶!

翻浆的心

那年，我放假回家，搭了一辆运送旧轮胎的货车，颠簸了一天，夜幕降临才进入戈壁。正是春天，道路翻浆。

突然在无边的沉寂中，立起一根"土柱"，遮挡了银色的车灯。

"你找死吗？！"司机破口大骂。

我这才看清是个青年，穿着一件黄色旧大衣，拎着一个系着鬃绳的袋子。

"我要搭车，我得回家。"

"不带！哪儿有你的地方！"司机愤愤地说。

"我蹲大厢板就行。"

"不带！"司机说着，踩了油门，准备闪过他往前开。

那个人抱住车灯说："我母亲病了……我到场部好不容易借到点小米……我母亲想吃……"

"让他上车吧！"我有些同情地说。

他立即抱着口袋往车厢上爬，"谢谢谢……谢……"最后一个"谢"字已是从轮胎缝隙里发出来的。

夜风在车窗外凄厉地鸣叫。我找到司机身后小窗的一个小洞，屏住气向里窥探。

朦胧的月色中，那个青年龟缩在起伏的轮胎里。每一次颠簸，他都像被遗弃的篮球，被橡胶轮胎击打得嘭嘭作响。

"我觉得他好像要干什么。"司机说。

这一次，我看到青年敏捷地跳到两个大轮胎之间，手脚麻利地搬动着我的提包。那里装着我带给父母的礼物。"哎呀，他偷我东西呢！"

司机狠踩油门，车就像被横刺了一刀的烈马，疯狂地弹射出去。我顺着小洞看去，那人仿佛被冻僵了，弓着腰抱着头，企图凭借冰冷的橡胶御寒。我的提包虽已被挪了地方，但依旧完整。

司机说："车速这么快，他不敢动了。"

路面变得更加难走，车速减慢了。我不知如何是好，紧张地盯着那个小洞。青年也觉察到了车速的变化，不失时机地站起身，重新搬动了我的提包。

我痛苦地几乎大叫。司机趁着车的趔趄，索性加大了摇晃的频率，车窗几乎吻到路旁的沙砾。再看青年，他扑倒在地，像一团被人践踏的草，虚弱但仍不失张牙舞爪的姿势，贪婪地守护着我的提包——他的猎物。

司机继续做着"高难"动作。我又去看那青年，他像夏日里一条疲倦的狗，无助地躺在了轮胎中央。

道路毫无先兆地平滑起来，翻浆也消失得无影无踪。司机说："扶好你的脑袋。"就在他的右腿狠狠地踩下去之前，我双腿紧紧抵地，双腕死撑面前的铁板……

不用看我也知道，那个青年，在这突如其来的急刹车面前，可能要被卸成零件。"看他还有没有劲偷别人的东西！"司机踌躇满志地说。

我心里安宁了许多。只见那个青年艰难地在轮胎缝里爬，不时还用手抹一下脸，把一种我看不清颜色的液体弹开……他把我的提包紧紧地抱在怀里，往手上哈着气，摆弄着拉锁上的提梁。这时，他扎在口袋上的绳子已经解开，就等着把我提包里的东西搬进去呢……

"他就要把我的东西拿走了！"我惊恐万状地说。师傅这次反倒不慌不忙，嘴角甚至显出隐隐的笑意。

我们到了一个兵站，也是离那个贼娃子住的村最近的公路，他家那儿是根本不通车的，至少还要往沙漠腹地走10公里……

那个青年挽着他的口袋，像个木偶似的往下爬，跪坐在地上。不过才个把时辰的车程，他脸上除了原有的土黄之外，还平添了青光，额上还有蜿蜒的血迹。

"学学啦……学学……"他的舌头冻僵了，把"谢"说成了

"学"。

他说:"学学你们把车开得这样快,我知道你们是为我在赶路……学学……"他恋恋不舍地离开了我们。

看着他蹒跚的身影,我不由自主地喝了一声:"你停下!"

"我要查查我的东西少了没有。"我很严正地对他说。

司机赞许地冲我眨眨眼睛。

青年迷惑地面对我们,脖子柔软地耷拉下来,不堪重负的样子。我敏捷地爬上大厢板。我看到了我的提包。我摸索着它,每一环拉锁都像小兽的牙齿般细密结实。突然触到鬃毛样的粗糙,我意识到这正是搭车人袋子上那截失踪的鬃绳。它把我的提包牢牢地固定在大厢的木条上,像焊住一般结实。我的心像凌空遭遇寒流,冻得皱缩起来。

你永不要说

二十年前，我在西部边陲的某部队留守处当军医，主要给随军家属看病。婆姨们的男人都在昆仑山上戍边。家里母子平安，前方的将士就英勇，我的工作很重要。

家眷都是从天南地北会聚来的。原来在农村，地广人稀，空气新鲜，不易患病。现在像羊群似的赶在一起，加之西北干燥寒冷，病人不断，忙得我不亦乐乎。

我的助手是卫生员小鲁。一个四川籍的小个子兵，长得没什么特色，只是一对眼睛又黑又亮，骨碌碌地转，像蜜炼的中药丸。正是"文革"期间，他没接受过正规培训，连劳动带扔手榴弹加在一起，算上了几个月的卫生员训练班。不过心灵手巧，打针、换药、针灸都在行。每天围着我问这问那，总说学好了本领，回家给他奶奶瞧病去。他奶奶有很严重的气管炎，喘得像堵了一半的烟筒。

一天他对我说，毕医生，我想买点青霉素给我奶奶治病。我给他开了处方，他买了药寄回去。过了些日子，他说奶奶的病比以前好多了，我们都为他高兴。可是青霉素用完了，想再买些。我又给他开了处方，这次他没拿到药。领导说药不多了，工作人员不能老自己买，得留给病人用。

边防站乔站长的独生子小旗病了。我开了青霉素打针，那剂量对一个五岁的孩子来说，足够大的。我向来崇尚毛主席他老人家说的"集中优势兵力打歼灭战"的计策，用地毯式轰炸。

连续打了四天针，孩子的病势丝毫不见轻。我很纳闷，这种怪症最近不断出现，用药像泼凉水一样。好像是一种极耐药的病菌侵袭了孩子。

有人说这医生的医术不高。这么年轻，自己没生过孩子，哪里会给孩子瞧病？

我说，我还没上过战场呢，可我治好过枪伤。

人们不再说什么，但孩子的病日渐沉重。我只有查书，把厚厚的书页翻得如同柳絮飞花，怕自己贻误了小小的生命。

终于有一天，小旗的妈妈怯生生地问我，您给我儿开的药，是一瓶还是半瓶？

我说，是一瓶啊。

她有些迟疑地说，那小鲁给我家小旗每次打的都是半瓶。

我的心嗖地紧缩成一团，像腊月天里一个冻硬了的馒头。这个小鲁！一定是他克扣了病人的药品，把青霉素私存起来，预备寄回家。

　　小鲁呀小鲁，这不是儿戏，人命关天！

　　我该怎么办？

　　当下顶要紧的是赶快给小旗补上一针。

　　之后我想了许久。

　　报告领导吗？小鲁从此就毁了。贪污病人的药品，就是贪污病人的生命。置之不理，更不行。要是让病人家属知道了，要是病人因此有个三长两短，非得有人找他拼命。

　　我把小鲁叫出来，对他说，小旗的病若是治不好，会转成肾炎、关节炎、心脏病……

　　他惊愕地瞪圆眼睛，说真有这么严重？没有人给我们讲过这些。训练班里就讲过打针的时候要慢慢推药，病人不疼。

　　我说，我知道你惦记你的奶奶，可你知道每一个病人都有亲人。你的心里除了装着你的奶奶，也要给别人留个地方……

　　我说，你不要以为打针不过是把一些水推到肉里，就像盐进了大海，谁也看不见。不是的，科学是谁也蒙骗不了的，用了什么药该出现什么疗效，那是一定的。假如出了意外，那可就是出了医院进法院……

　　他的脸变得像包中药丸的蜡壳一样白。

　　毕医生，我……我……

我赶快堵住他的嘴,就像黄继光堵枪眼一样果断。哦,别说,什么也别说。世界上有些事情,记住,永不要说。

你不说,就没有任何人知道。

你不知道,我不知道,我们永远都不需要知道。不要把错误想得那么分明。不要去讨论那个过程,把它像标本一样在记忆中固定。有些事情不值得总结,忘记它的最好方法就是绝不回头。也许那事情很严重,但最大的改正是永不重复。

小鲁的眼泪流下来。我不怕眼泪,我怕他说话。还好,他很聪明,听懂了我的话,什么也没有说。

我长长地吁了一口气。

后来,小旗的病很快好了,留守处再也没有出现过用药不灵的怪症。

再后来,小鲁因为工作认真负责,对病人春风般温暖,被送到军医大学学习,成了一名很优秀的医生。

只是不知他奶奶的病好了没有?有这么孝顺的孙子,该是好了的。

悠长的铃声

雨天，是城市的忌日。

花花绿绿的伞，填满每条街道，到处堵车。我大清早出门，赶到读书的学院，还差一分钟就要上课了。

"今天你晚了。"看大门兼打铃的老师傅说。他瘦而黑，像一根铁钉。别的同学都住校，唯我走读。开学才几天，他这是第一次同我讲话。

"不晚。"我撒腿就跑。从大门口到教室的路很长，就是有本·约翰逊的速度再加了兴奋剂，也来不及。课堂纪律严格，我只是想将损失减少到最小。

上课的铃声在我背后响起来了，像一条鞭子，抽我的双腿。有一瞬，几乎想席地坐下，喉咙里发咸，仿佛要吐出红色来。迟到就迟到吧！纪律虽严，健康还是最重要的！

我的脚步迟缓下来，仿佛微风将息的风车。然而铃声还在宁静而悠远地响着，全然没有即将沉寂的细弱。

只要铃声响着，我就不该停止奔跑，我对自己说。终于，到了。

老师和同学们都在耐心地倾听着,等待铃声的完结。

放学时,我走过大门,很想向老人表示感谢。可是,说什么好呢?说谢谢您把铃绳拽得时间那么长吗?我想在学府里,最好的谢意莫过于知识者对普通人的尊敬,便很郑重地问:"老师傅,您贵姓?"

"免贵。"然后,他告诉我姓氏。

我的脑幕上管记忆一般人姓氏的区域,似乎被虫蛀过,总是容易搞错。不过这难不住我,我创造了联想方式。比如,听了看门师傅的姓氏,我脑海中就幻化出花果山水帘洞的景象。这法子秘不传人,却是百试百灵的。

上学三年,我认真称呼他的机会并不多。唯有恰恰赶在上课铃响之时,我经过校门,才会恭恭敬敬地称他一声:"侯师傅好!"若是他一个人,会冲着我宽厚地笑笑。有时围着做饭、植花的其他师傅,我便格外响亮地招呼他,表示我对他的尊重。周围的人看看他嬉笑,他就不好意思地低下头。其后,便会有悠长的铃声响起,像盘旋的鸽群,陪伴我走进教室。

当我伸直双腿安稳地坐在课桌前,铃声才像薄雾一般散去。"看门的老头拽着铃绳睡着了。"同桌说。

只有我知道这秘密,但我永远不会说。说出来,便破坏了这一份温情、这一番默契。

终于，我以优异的成绩、良好的品行毕业。我拎着沉重的书包走出校门，最后一次对打铃老人说："师傅好！"他瞅瞅四周无人，很贴切地靠近我："你就要走了。我想同你说一件事。"

我稍稍后退了一步：这个老头，要做什么？凭着有几次将铃声响得久远，便要有求于我吗？

"你不要放在心上。"他果然踌躇了，"我只想告诉你……唉，不说了……不说了……"他苍老的头颅在秋风中像芦花一般摆动着，脸色因为窘迫，像生了红锈。

"到底是什么事呢？"我的好奇心发作了。

"他们说你是成心的，我说不是……"老人舔了一下嘴唇，好像那里粘着一粒砂糖。他慈祥地看着我。

"您快说嘛！侯师傅！"听这口气，与我有关，忙不迭地追问。

"你千万别介意……我不是姓侯，我姓孙……"